Wahrheit oder Lüge

Tanja Steinlechner

Wahrheit oder Lüge

Roman

ANAIS

Für Holger Nielsson
und alle Liebenden

Vorspiel

Das Wiedersehen

Nike steht mit ihrem BMW-Cabrio auf der Kreuzung am Platz der Vereinten Nationen, eingekeilt zwischen einem Volvo und einem Sprinter. Die Ampel, die über den in der Abendsonne glänzenden Autodächern hängt, steht auf Rot. Dahinter ragt ein Hochhausturm in den wolkenfreien Himmel: aufeinandergeschichteter grauer Beton, die Reihen der zahllosen Fenster karminrot abgesetzt und die Balkonbalustraden weiß verschalt.

Nike trommelt aufs Lenkrad. Um sie her das Brummeln der Autos in Habachtstellung. Gleich neben ihr, auf der Haltestelleninsel zwischen den beiden Fahrbahnen, besudelt ein Mann mit verspiegelter Sonnenbrille sein weißes Achselshirt. Mit der einen Hand wühlt er in seiner Umhängetasche, mit der anderen hält er die tropfende Bratwurst. Eine Tram fährt ein, Schiebetüren öffnen sich, ein Schwall Passanten umströmt ihn.

»Das Wetter: Auch heute erleben wir in der Hauptstadt wieder eine tropische Nacht mit Temperaturen bis 25 Grad Celsius.«

Das Brummen der Autos hebt an. Der Volvo entfernt sich. Nike tritt aufs Gas.

»In every life we have some trouble, but if you worry, you make it double. Don't worry, be happy. Don't worry, be happy ...«

Ting, ting, ting macht die Blinkanlage. Nike biegt rechts ab, wendet und fährt auf den Parkplatz, der hinter dem schattigen Rücken des Plattenbauturms liegt.

Rasch findet sie eine Lücke. Sie tastet nach dem vergoldeten Pferd am Schlüsselbund, einem Geschenk von Christian, ihrem Freund, und zieht den Zündschlüssel. *»Don't worry, be hap–«*

Halblanges schwarzes Haar umrahmt ihr weiches Gesicht und verleiht Nike Eleganz. Christian mag ihre Nase, »weil man die so gut stupsen kann«. Sie ärgert sich jedes Mal darüber. Sie ist doch kein Mädchen mehr. Umso stolzer ist sie auf ihre vollen Brüste, die sich unter ihrer weißen Bluse abzeichnen.

Gleich ist sie am Ziel. Nur noch ein kurzer Fußmarsch durch den Volkspark. Für heute hat sie die High Heels gegen schwarze Sandaletten getauscht, aber die Absätze sind immer noch zu hoch. Stöckelnd überquert sie den Asphalt. Warum hat sie sich nur überreden lassen? Den extra für heute erstandenen Picknickkoffer hält sie bemüht lässig in ihrer rechten Hand.

Sie schiebt sich und den Koffer durch einen ausgetretenen Pfad im Buschwerk. Auf dem dahinter liegenden Rasen entdeckt sie ein Liebespaar. Beide sind nackt. Schon früher war dies eine FKK-Wiese. Er liegt auf einer Decke, rücklings auf die Ellbogen gestützt. Die Beine streckt er von sich. Sein halbsteifer Schwanz liegt ihm quer über dem Bauch, die Vorhaut ist zurückgeschoben, die Eichel glänzt. Die Frau räkelt sich neben ihm. Ihr Augenbrauenpiercing ragt wie ein Horn aus ihrem sonst so ebenmäßigen Gesicht. Mit der einen Hand umfasst sie seinen prallen Sack und wiegt ihm die Eier. Sein Schwanz zuckt und gerät leicht ins Schaukeln. Ertappt, mit verschmitztem Grinsen lässt sie von ihm ab, als sie Nike bemerkt. Der Mann wirft ihr einen verwirrten Blick zu und stellt die Beine an. Nike hält den Augenkontakt einen Moment lang, dreht sich dann abrupt um und lässt das Paar hinter sich. Rasch nimmt sie die Anhöhe und erreicht einen Kiesweg.

Die lang gezogenen Schatten der Bäume verleihen der Luft eine angenehme Kühle. Das Rauschen des Stadtverkehrs ist abgeebbt. Vorsichtig bewegt sie sich auf dem unwegsamen Pfad. Da taucht der Alte Fritz vor ihr auf; die schmalen Lippen zusammengepresst, der groteske Dreispitz leicht schief sitzend. Die Marmorsäule, auf der die Büste thront, ist mit Graffiti zugetextet.

Sie muss auf den kleineren der beiden aufgeschütteten Berge. Zuerst steigt der Pfad zwischen Gestrüpp und Bäumen nur flach an. Vogelgezwitscher umgibt sie und verdrängt das Rauschen der Stadt vollends. Nach wenigen Schritten sind Steintreppen in den Hang geschlagen. Am Wegrand wächst Holunder. Ein Zitronenfalter flattert vor Nikes Gesicht. Sie schüttelt sich.

Endlich mündet der Weg in einer weiten Gabelung auf die Wiese. Lachende Stimmen fliegen ihr entgegen. Die anderen sind schon da; wie damals ist sie die Letzte – *nein,* Marja fehlt. Die Picknickdecke liegt ausgebreitet zwischen den beiden Kastanien im hinteren Teil der Wiese. Sonst ist keiner hier. Die Stadt ist fern. Man sieht Fetzen des Panoramas durch das Grün der Bäume, die den Rasen umkreisen.

Lana läuft ihr entgegen. Sie trägt ihr Haar länger als früher. Trotz ihrer 28 Jahre wirkt sie ausgesprochen mädchenhaft. Das champagnerfarbene Tuch, das sie um die Stirn trägt, die vielen kleinen Sommersprossen, ihr zartgrünes knielanges Empirekleid und die Ballerinas an den Füßen unterstreichen diesen Eindruck.

»Niiike! Wie schön dich zu sehen! Wie lange ist das her? Zwei Jahre?« Lana breitet die Arme aus und drückt Nike an sich. »Und hier hat alles begonnen, mit *Sterne am Morgenhimmel,* du, Carla, Marja, Tessa und ich, meine *erste* Inszenierung ...« Nike nickt. »... Jeden Freitag haben wir uns getroffen. Du warst eine perfekte Aufseherin. Wir waren unschlagbar!«

»Ich habe mich extra mit einem Picknickkorb ausgestattet. Wenn schon, dann stilecht«, entgegnet Nike ruhig. Sie befreit sich. Lana schmunzelt, streicht Nike zart über die Wange und greift ihre Hand, um sie mit sich zu ziehen. Bei der Gruppe angekommen, stellt Nike ihren Picknickkoffer ab und umarmt eine nach der anderen. Mit ihren 1 Meter 75 ist Carla die Größte unter ihnen und Nikes beste Freundin. Nike lebt in einem Zwei-Zimmer-Apartment über den Dächern von Köln, Carla in einer Vierer-WG mit Terrasse und ihrem Norwegischen Waldkater Bijou. Von Carlas WG ist es nur ein Sprung bis zu Nikes Kanzlei, besser gesagt zur Kanzlei ihres Vaters.

Nike muss sich strecken, um Carla an sich zu drücken. »Wie war die Konferenz?«, fragt sie.

»Ach, unspektakulär.«

Seit dem Magister arbeitet Carla als Ethnologin und wissenschaftliche Mitarbeiterin an der Uni Bonn. Ein 16-Stunden-Tag ist bei ihr die Regel. Auf die gleiche Weise hat Nike ihr Prädikatsexamen geschafft. Carla will promovieren, um irgendwann den Herren Professoren das Wasser reichen zu können. Dafür kämpft sie. Vielleicht klappt es deshalb in der Liebe nicht. Aber sie will Kinder und den richtigen Partner dazu.

»Irgendwas läuft schief«, gesteht sie Nike gelegentlich. Nike besorgt dann den besten Wein, den sie im Keller ihres Vaters finden kann. Sie setzen sich auf Carlas Terrasse in die wärmende Abendsonne, und Nike sagt: »Dafür hast du eine normale Mutter, die dich nicht ständig drängt, zu heiraten und Kinder zu kriegen. Sie arbeitet sogar ehrenamtlich bei dieser Literaturstiftung. Meine geht nur täglich shoppen. – Ob sich das vererbt?« Da muss auch Carla grinsen. Nike nimmt noch einen Schluck und dann kichern sie ihre Ängste fort.

Sportlich sieht Carla aus, wie immer, in blau verwaschenen Hüftjeans, engem T-Shirt und Sneakers. Ein roter Stern prangt zwischen ihren spitzen Brüsten. Um ihre Figur muss sie sich keine Sorgen machen. Ob beim Wildwasserkanu, Squash oder Tanzen, sie verbrennt Unmengen an Kalorien. Da kann sie essen, was sie will. Bei Nike hingegen ist jeder Tag ein Kampf ums imaginäre Idealgewicht. Immer neue Diäten.

Es beginnt zu dämmern. Auf der Decke verteilt leuchten Lanas handbemalte Windlichter. Lana liebt diesen Schnickschnack. Das macht sie aus. Deshalb besteht sie auch auf ihrem Himmelbett, das sich bei jedem ihrer zahlreichen Umzüge zu einem echten Problem auswächst. Beim letzten Mal verkündete sie lautstark: »Ohne mein Bett gehe ich nirgendwohin. Schon gar nicht nach Hildesheim, nur weil ich da zufällig als Regisseurin arbeiten darf. Ich will nicht in die Provinz und schon gar nicht ohne mein Bett.«

Carla hat dreimal durchgeatmet und Nike ist von einem Fuß auf den anderen getreten. Tessa hat genickt, »Wir verstehen dich« gesagt, das Bett auseinandergeschraubt und die Teile in den LKW gezwängt.

Nun steht Nike auch schon vor Tessa. Sie ist die beste Zuhörerin unter den Freundinnen. Klein und mollig, mit rotem kurzen Haar. Das zum Leben erweckte Klischee einer Sozialpädagogin, rückt sie jedem Kummer mit Bioschokolade und Kräutertee zu Leibe. Sie kann stundenlang telefonieren und trösten, selbst jetzt noch mit ihrer zweijährigen Tochter Lisa im Hintergrund. Sie pflanzt Kräuter in ihrem kleinen Garten. Dabei kann sie abschalten. Für ihre Familie und ihre Freunde lässt sie auf Zuruf alles stehen und liegen. »Liegt das daran, dass du die Älteste unter deinen Geschwistern bist?«, hat Lana sie einmal bei einem Kurzbesuch gefragt.

»Mag sein«, hat sie geantwortet und das Päckchen ihrer Mutter mit der rosa Kinderkleidung für Lisa in den Abstellraum gepackt. »Sie soll doch kein Aufziehpüppchen werden und später einen Typen wie meinen Vater heiraten, der nichts weiter im Kopf hat als seinen Schützenverein. Da bau ich mir lieber meine eigene Familie auf. Und ihr gehört doch dazu, oder?«

Lana hat genickt und sie in den Arm genommen. Tessa hat mit Bananenchips die aufsteigenden Tränen heruntergeschluckt. Wenn sie die nicht ständig essen, ihren Kleidungsstil variieren und sich mal schminken würde, könnte sie ganz gut aussehen. Heute trägt sie eine beigefarbene Leinenhose zu einem Häkeltop und Espandrillos.

»Wo ist Marja eigentlich?«, fragt Nike in die Runde.

»Sie hat ein Date«, sprudelt es aus Lana heraus.

»Aber unser Treffen steht doch schon so lange.« Nike stemmt die Hände in die Hüften. »Ich hoffe, er ist es wert. Was macht der denn beruflich?«

Lana lacht laut auf. »Es hat sich ganz kurzfristig ergeben. Sie kommt später nach. Das hat sie versprochen.«

»Dann klärt sie uns sicher über die Details auf«, sagt Carla mit einem schmunzelnden Seitenblick auf Nike. Und Lana plappert weiter: »Ich drücke ihr die Daumen, dass es ein richtig romantischer Abend wird. Mit Kerzenschein, Sekt und Seelenverwandtschaft.«

»Sekt? Wie stillos.« Nike zieht die Brauen hoch. »Bei uns gibt es jedenfalls Champagner. Möchte jemand? Ich habe welchen mitgebracht. Und dazu die passenden Flöten. Aber seid vorsichtig, sie gehören meiner Mutter und haben einen Platinrand. Kann eine von euch die Flasche öffnen?« Nike sieht hilflos in die Runde. Kurzes Schweigen, das Lana mit ihrem übersprudelnden Lachen durchbricht, bis keine mehr an sich halten kann.

»Du hast dich nicht verändert, Nike. Wie ich dich vermisst habe!« Tessa legt einen Arm um die Freundin. »Sei uns nicht böse, wir lieben dich alle.«

Nikes Blick streift Lana. Diese zögert, ihre Wangen färben sich, dann lächelt auch sie. »Und wer hilft mir jetzt?« Lana nimmt die Flasche entgegen. »Gib mal her, im Theater muss man so was können. Die Premieren werden zwar mit Sekt und nicht mit Champagner begossen, aber im Grunde ist es ja das Gleiche.« Der Korken knallt.

Unterdessen packt Tessa die mitgebrachten Speisen aus ihrer Kühltasche. Zwei Salate, der eine aus Ananas und Pute, der andere aus Feigen, Mozzarella und Aceto balsamico. Diesmal sind sie besser geglückt als bei den Kochabenden mit ihren neuen Bekannten vom Babyschwimmen und Kleinkindturnen. Sie hat sich ins Zeug gelegt. Sie stellt Baguette aus Dinkelmehl und Erdbeeren aus dem eigenen Garten auf die Decke.

Lana fischt Antipasti aus den kleinen Behältern, die sie in einer Plastiktüte transportiert hat. »Carpaccio, Bruschetta, eingelegte Oliven und Caprese. *Il Pane e le Rose*, mein Berliner Lieblingsitaliener. Ach, wie mir das alles fehlt …«

»Voilà, mein erster Apfelkuchen.« Carla grinst und hebt eine mit Folie abgedeckte Kuchenform auf die Decke.

»Apfelkuchen ...« Lana flüstert das Wort beinahe zärtlich. »Hat noch jemand eine Bibi-Blocksberg-Kassette dabei? Dann kuschle ich mich an Carla und vergesse die Welt und das Stadttheater und bleibe fortan bei euch.«

»Und zum zweiten Nachtisch gibt es Obstspieße.« Carla stellt eine Tupperbox in die Mitte. »Wahlweise mit oder ohne Schokolade.«

»Ohne Schokolade.« Nike klingt entschieden. »Sonst hätte ich mir den Fitnesstrainer schenken können. Die Brüste sind auch gemacht.« Nike streckt ihren Rücken durch. »Körbchengröße C.«

»Die Brüste auch?« Lanas Stimme vibriert. »Da fühlt man doch den Unterschied?«

»Glaub mir, du wirst keinen Unterschied feststellen können«, Nike schlägt die Augen nieder, »wenn ich erst mal genug getrunken habe, können wir ...« Lana starrt sie mit leicht geöffnetem Mund an.

»Es ist gute Arbeit.« Nike blickt wieder auf.

»Auf uns und unser Wiedersehen.« Carla drückt jedem eine Champagnerflöte in die Hand und erhebt ihre.

»Auf uns! Auf die Liebe!«, tönt Lana.

»Und auf die Schönheit.«

»Ja klar, Nike«, entgegnet Lana, »auf die Schönheit und den Verfall und das Laster.«

Carla grinst. »Immer dieselben Kabbeleien. Ihr seid wie ein altes Ehepaar.«

»Auf die Freundschaft und die Frauen«, ruft Tessa energisch. Im Hintergrund dudelt Carlas iPod mit den Minispeakern, aber keine achtet darauf. Lana sieht erwartungsvoll in die Runde. »Was macht ihr so? Nach meiner Arbeit trau ich mich gar nicht mehr, euch anzurufen. Ist ja meistens nach Mitternacht.«

»Ich nehme jetzt Gesangsstunden«, platzt es aus Nike heraus. »Das wollte ich schon immer. Aber meine Lehrerin – und ich bezahle sie gut – hat mir ohne Umschweife gesagt, ich sei ein aussichtsloser Fall. Und nun will mich mein Vater auch noch zwingen, beim nächsten Anwaltstreffen vorzusingen. Zur späten Stunde, wenn die Stimmung gelöst ist, soll ich, seine ach so talentierte Tochter, etwas zum Besten geben. Das wird derart danebengehen, aber er lässt sich nicht davon abbringen. Lana, du als Regisseurin hast doch sicher Erfahrung. Was mache ich falsch? Ich übe täglich, aber trotzdem …«

Lana lächelt. »Sing doch was für uns!«

»Na ja«, Nike schluckt. »Wenn ihr meint …« Die anderen nicken ihr aufmunternd zu. Nike steht auf, ihre Hände zittern. Sie setzt mit *Wishing you were somehow here again* an, der letzte Ton der Phrase wackelt, *wishing you were somehow here*. Sie presst die Laute, um ihre Unsicherheit zu überspielen, atmet flach, starrt auf einen Punkt in der Ferne. In der Höhe überschlägt sie sich und bricht ab.

»Seht ihr, so endet das immer. Es wird ein Fiasko.«

»Du könntest aufstehen und einen dreckigen Witz erzählen«, rät Lana, während sie sich einen Rest Apfelkuchen vom Finger leckt. »Dann wird dein Vater dich nie wieder bitten, etwas vorzusingen.«

Nike sieht zu Boden und zupft einen Grashalm aus.

»Mir ist da neulich auch was furchtbar Peinliches passiert«, erzählt Carla. »Beim letzten Kongress der Ethnologengesellschaft habe ich im angetrunkenen Zustand einer der Koryphäen mein Rotweinglas übers Sakko gegossen. Ich wär am liebsten im Boden versunken. Er hat gelächelt und so doppeldeutig gesagt: ›An Sie werde ich mich erinnern, Frau Pilgrim.‹ Ständig passiert mir so was.«

Lana lacht, holt eine Weinflasche aus ihrer Tüte und öffnet sie: »Trinken wir also auf Nikes Gesangskunst und auf den Eindruck, den Carla bei dem Herrn Professor hinterlassen hat. Und auf Tessas großes Herz natürlich.«

»Und auf Lanas bezauberndes Wesen«, flüstert Nike.

»Und dann«, ruft Tessa freudig, »essen und plaudern wir.«

»Und noch mal von vorn.« Lanas Augen leuchten. »Und bevor wir uns trennen, zaubern wir Prinzen aus dem Nichts.«

»Wie bitte?«, Carla grinst.

»Naja, mal angenommen, du hast die freie Wahl: Da hätten wir Jean Maris, den sensiblen Künstler, dem die Frauen gleich reihenweise verfallen und der doch keine befriedigen kann, weil er eigentlich auf Männer steht und weil er auch noch schwindsüchtig ist. Oder Carlos, den Kühnen, Untergrundkämpfer für Gerechtigkeit und das Gute auf dieser Welt. Er ist der einsame Held, den nur die wahrhaft in Liebe ergebene Frau für sich gewinnen kann ...«

»So ein Stuss!« kreischt Nike.

»... oder doch ein DeMarco, so ein umwerfender, sexy Charmeur, der die Damen zum Glühen bringt und ihnen unversehens ihre Unschuld raubt?«

Während Lana redet, verschluckt sie sich fast an ihrem eigenen Glucksen. »Oje, so langsam spüre ich den Alkohol. Ihr wisst ja, ich vertrage nicht so viel ...«

Nike beißt in eine Erdbeere. Tropfen fallen auf die weiße Bluse, färben den Stoff aufreizend ein. Sie bemerkt es nicht. Lanas Blick ruht abwechselnd auf ihrem halblangen, schwarzen Haar und ihrem ebenmäßigen Gesicht. Eine Salome, wenn sie aus ihrem goldenen Käfig ausbräche.

Nach einer kurzen Pause setzt Lana ihr Glas ab. »Ich habe auch eine Neuigkeit. Ich bin frisch verliebt, seit drei Wochen erst.« Sie sieht in die Runde. Nike senkt den Blick und dreht den Obstspieß in ihren Händen.

»Ich möchte mich auch mal wieder verlieben«, plaudert Carla dazwischen. »Ich will einen beziehungsfähigen Mann mit Charme. Verlässlich und aufregend zugleich. Aber vielleicht will ich einfach zu viel …«

»Das ist alles ganz einfach.« Nike greift nach einer Papierserviette und wischt sich die Finger ab. »Den Besserverdiener, der dir Rosen und Schmuck schenkt, dich zum Essen ausführt und bewundert, den heiratest du.«

»Nikes Antiromantik in zehn präzisen Thesen. Hören Sie weiter …« Lanas Lachen drängt sich immer wieder zwischen ihre Worte.

Nike zwinkert Carla zu: »Naja, er muss ja nicht wissen, was du sonst noch tust.«

»Stimmt. Aber«, Lanas Ton wird ernst, »wo bleibt die Liebe? Die Verbundenheit? Die Einmaligkeit?«

»Lana, wir sind doch hier nicht im Theater«, entgegnet Nike ruhig. »Tessa! Was sagst denn du dazu? Immerhin hast du ein Kind und einen Ehemann und eine vorbildliche Beziehung. Zwei Sozialpädagogen, die müssten das doch auf die Reihe kriegen: Verständnis, Liebe, Ehe, Romantik, heißen Sex …«

Tessa schluckt umständlich an einer öligen Olive. »Ich, *äh*, ich bin gerne verheiratet. Wir verstehen uns. Ich bin halt eher pragmatisch. Meine erotischen Phantasien waren noch nie so stark. Es sind doch nur Männer … Bekomme ich noch Wein oder soll ich verdursten?«

»Und wie steht es bei euch mit dem Sex?« Lana sieht in die Runde. Tessa stöhnt, erhebt sich. Dann setzt sie sich neben Nike.

»Ich frag doch nur. Ich bin halt neugierig.« Die anderen schweigen. Lana legt eine Hand an die Stirn, um dann fortzufahren: »Wisst ihr was, ich kenne da ein Spiel aus der Schauspielschule. Wir haben das oft gespielt, zum Aufwärmen oder mal auf Partys.«

»Und wie geht das?«, hakt Carla nach.

»Das Spiel heißt *Wahrheit oder Lüge*. Jede von uns erzählt zwei erotische Erlebnisse. Aber nur eines davon ist wahr, das andere ausgedacht. Wenn alle erzählt haben, raten wir und erst dann lüften wir das Geheimnis.«

Nike sieht betont gleichgültig in die Ferne. Tessa stöhnt wieder auf. Nur Carla nickt. »Klingt spannend. Liebe, Leidenschaft, Lust …«

»Ich weiß nicht, ob meine erotischen Erlebnisse so spannend sind«, murmelt Tessa.

»Du wirst doch irgendwas erzählen können.« Carlas Augen funkeln, sie hat ganz rote Wangen. »Hier oben hört uns keiner. Die Welt kann draußen bleiben.«

»Ich weiß nicht so recht. Warum soll ich euch mit meinen Männergeschichten langweilen?«, fragt Tessa.

»Männergeschichten? Plural?« Jetzt ist auch Nike dabei. »Nanana, Tessachen, jetzt musst du aber erzählen. Das hätten wir nicht von dir erwartet.«

»Wer weiß, was wir heute Nacht noch so alles erfahren.« Carla grinst. »Also ich bin dabei. Ich mache auch freiwillig den Anfang.«

»Na gut, Carla, solche Angebote sind rar«, entgegnet Nike. Schließlich zuckt auch Tessa resigniert mit den Schultern.

Dunkelheit hat sich schleichend über der Wiese ausgebreitet. Die Lichter der Stadt glimmen durchs Gebüsch herauf. Die Teelichter flackern im Wind. Zwei Champagnerflaschen sind geleert und Carla öffnet eine zweite Flasche Chianti. Lana schaltet den iPod aus. Irgendwo in der Dunkelheit singt ein Vogel. Carlas Stimme vermischt sich mit seinen Tönen, als sie beginnt zu erzählen.

Carlas erste Geschichte

Time Warp

Also, es beginnt auf einer dieser Partys, bei denen du überlegst, schon gegen 22 Uhr zu gehen, aber du hängst noch ein bisschen ab, schließlich bist du fünfzehn und nicht fünfzig und die Bowle hast du auch noch nicht probiert. Du gehst also zur Bar, hier ist Selbstbedienung; der Kellerraum hat sich geleert, die meisten sind jetzt oben und da spielt einer den *Time Warp*.

Auf einem der bunten Kissen hockt ein Typ, vielleicht Anfang zwanzig, jedenfalls viel älter als du, der sitzt da im Schneidersitz mit Intellektuellenbrille, und als sein Blick dich streift, lächelt er dich an. Er trägt Schwarz, sein Gesicht ist kantig und die Augen sehr blau. Er schaut nicht in deine Richtung, aber du legst es drauf an, setzt dich einfach neben ihn; zitterst ein bisschen, aber das merkt ja keiner. Er sieht auf, du scheinst ihm zu gefallen, jedenfalls spricht er dich an. Wie du die Party findest, woher du die Leute kennst und so ein Zeug, und du plapperst viel zu viel und lächelst ununterbrochen. Er riecht so gut. Du verstehst nur Bruchstücke, die Musik ist recht laut. Wer ihn eingeladen hat, willst du wissen und er sagt nur: »Der ältere Bruder.«

Die Fete fängt an dir zu gefallen, auch wenn du ihm gerade erzählst, wie sehr du Small Talk hasst und wie sie ständig die gleiche Platte leiern. Er sagt was von Informatik und Zahlen, mit denen er im Studium zu tun hat, und du regst dich schön auf, verdrehst die Augen, weil du ihn herausfordern willst.

»Mit Worten kannst du malen«, sagst du und erzählst, dass du Geschichten schreibst – eher Tagebuch und Mädchenlyrik, aber das braucht er ja nicht zu wissen. So lächerlich gebärdest du dich, komisch, dass er dir überhaupt zuhört. Du erfährst, dass er selbst Geschichten schreibt; er erzählt dir eine, die ist seltsam dunkel, und es geht um Sex. Nebenbei lässt er Namen von Philosophen fallen und du nickst, als wüsstest du genau, wovon er spricht. In dir beginnt es zu kribbeln. Sein Blick ist so klar, seine Sprache gewandt, er weiß, wie er eine Saite in dir zum Schwingen bringt, die dir bisher verborgen war. Du wünschst, dass die nicht aufhören, diese Platte zu spielen und dass der Abend immer so weitergeht.

Bevor er los muss, erfährst du noch, dass er Nachhilfe gibt, »Mathe«, sagt er und grinst und »wenn du mich mal brauchst, ruf an«. Er drückt dir eine Visitenkarte in die Hand. Und dann lässt er dich da sitzen und du bleibst allein im Keller hocken und träumst.

Irgendwann holt deine Freundin dich nach oben und du tanzt, und alle denken, die hat zu viel geraucht. Später küsst du einen Typen, sechzehn oder so, aus einer Pfarrersfamilie. Er riecht nicht, wie er sollte, und küsst zu zaghaft und so lässt du ihn stehen und gehst nach Hause.

Du liegst ewig auf deinem Bett und spielst immer wieder den *Time Warp*. Deine Mutter hat die Visitenkarte gefunden und freut sich, dass du endlich zur Vernunft gekommen bist. Sie ruft selbst die Nummer an, bezahlt die Stunden, reicht sogar Kaffee und Kuchen. Manchmal lässt sie euch allein. Er sagt Dinge wie »Als Fleischereifachkraft bilden die dich auch ohne Abitur aus« oder »Man kommt sicher weiter, wenn man sich gut schminken kann«. Deine Leistungen werden immer besser, seine Ironie lässt dich nicht kalt. Du lernst also, weil du vor ihm nicht dumm dastehen willst. Eigentlich wartest du nur auf eure kleinen Gespräche zwischendurch.

Felix, flüsterst du leise vor dich hin, träumst dich durch den Tag und rühmst alles, was er rühmt. Du beginnst de Sade zu lesen, weil er das spannend findet, und befasst dich mit Nietzsche, weil er ihn bewundert. Du fühlst dich auf einmal so erwachsen. Dabei hast du noch nicht mal »Petting gemacht«, und die Zungen, die dir irgendwelche Typen in den Mund gesteckt haben, haben sich eher wie verirrte zahnchirurgische Instrumente angefühlt.

Du bist eines von den sportlichen Mädchen, eines mit schmalen Hüften, du engagierst dich am Wochenende für Amnesty. Aber jetzt werden deine T-Shirts enger und kürzer, damit er dein Bauchnabelpiercing erahnen kann, roter Stein in der Nabelhöhle. Du verbringst viel Zeit im Badezimmer, schminkst dich trotz seiner Bemerkungen, nur Gloss und Wimperntusche und Puder. Deine Mutter stöhnt und fragt, ob sie das Badezimmer auch mal wieder benutzen dürfe.

Es fällt dir immer schwerer, seinen mathematischen Ausführungen zu folgen. Dein Blick hängt an seinen Lippen, fährt über seine Hände, wenn er eine geometrische Figur zeichnet. Ihr berührt euch wie zufällig, wenn er dir den Zirkel übergibt. Dann weißt du nicht, was du zeichnen sollst und ausnahmsweise macht er keine ironischen Bemerkungen. Er führt dir nur die zittrigen, kalten Hände.

Und dann, an diesem Mittwochnachmittag, hast du es satt. Du willst, dass endlich etwas passiert. Die Gelegenheit ist günstig: Deine Mutter ist einkaufen, dein Vater arbeitet noch. Als er gehen will, fasst du dir ein Herz und stellst dich ihm in den Weg. Er kann nicht anders, er muss dich berühren, wenn er dich von der Tür wegschieben will. Als er sich über dich beugt, um an die Klinke zu kommen, berührt er deine Brüste, pralle kleine Bälle. Er sieht dich an, lange und mit festem Blick, als wolle er sich vergewissern, und dann küsst er dich.

Dein Herz pocht schnell gegen deine Brust. Er ist so sicher, öffnet deine Lippen mit verhaltener Gewalt. Du kannst es nicht steuern, wirst feucht im Schritt. Da packt er dich, zieht dich fest an sich, saugt an deinem Hals, hält deinen Po in seinen Händen. Er presst dich gegen die Tür, sein Körper drückt sich an deinen und du fühlst seinen Ständer.

Du traust dich nicht, seinen Schwanz zu berühren, du weißt nicht, wie das ist. Er fährt mit der Hand unter dein T-Shirt, zieht es dir über den Kopf. So stehst du vor ihm mit deinem ersten Spitzen-BH. Er schiebt den Stoff eines Körbchens nach unten. Er spielt mit der Zunge an deiner Brustwarze, liebevoll umkreist er sie, saugt daran. Er atmet ganz schwer und sein Geruch mischt sich mit den Düften eurer aufsteigenden Lust. Deine Wangen glühen.

Seine Zunge gleitet jetzt tiefer in deinen Mund. Dir ist heiß. Er presst dich wieder gegen die Tür. Es ist Dezember, kurz vor Weihnachten und draußen ist es schon dunkel, nur ein paar Flackerlichter in den Fenstern. Er drückt seinen Ständer gegen deinen Schamhügel. Die Hosen habt ihr noch an. Deine Möse schwimmt, du würdest ihm alles erlauben. Doch da fängt er sich wieder, stammelt »lass mal« und »ich geh jetzt«. Er öffnet die Tür und verschwindet in den dunklen Flur. Dein Busen schaut noch immer aus dem BH, du ergatterst einen fiebernden Kuss, doch er löst sich von dir und schließt vorsichtig die Haustür hinter sich. Natürlich ruft er nicht an. Du verfasst Briefe und zerknüllst sie, gibst dich Phantasien hin und dann, eine Woche darauf, kommt er auch noch zu spät. Er verspätet sich sonst nie, nur dieses eine Mal. Er entschuldigt sich bei deiner Mutter. *Pah!* Bei dir müsste er sich entschuldigen.

Er redet von Formeln und Zahlen, du hörst gar nicht zu, suchst nach Gesten und Worten, die du deuten kannst, mehr bleibt dir nicht für die nächste Woche und er will noch nicht mal von den Kuchen kosten, die du gebacken hast. Weder Marmor noch Herrentorte.

Es ist schon die dritte Woche nach eurem Abenteuer. Aber dazu sagt er nichts und jedes Mal hoffst du aufs Neue. Du träumst, er fällt über dich her oder gesteht dir seine Liebe. Du hörst ständig den Soundtrack der *Rocky Horror Picture Show*, erinnerst dich an die Party, berührst dich selbst, wenn keiner zu Hause ist.

Du stellst dir immer wieder die gleiche Szene vor. Er presst seinen Körper gegen dich, aber dieses Mal ziehst du ihn gewandt auf dein Bett, er öffnet deine Hose, zieht sie und deinen Slip runter und holt seinen Schwanz raus. Er legt sich auf dich und reibt ihn an deinen Schenkeln steif. Bevor er in dich eindringt, leckt er deine geschwollenen Lippen und kitzelt mit der Zungenspitze deine Klitoris. Sein Ständer drängt sich dir entgegen, dann gleitet er in dich hinein. Du bist noch Jungfrau. Es ist eine höllische Lust, schmerzhaft und ekstatisch zugleich, er stößt zunächst sanft, dann immer schneller, so lange bis es euch beiden kommt.

Vor den Stunden, immer das gleiche Ritual: heiße Wannenbäder davor, die engsten und dünnsten T-Shirts, die du finden kannst.

»Im Winter«, entsetzt sich deine Mutter, »das ist doch Wahnsinn«, und du sagst nur: »Mir ist aber heiß.« Kein Wunder, du hast den Ölofen voll aufgedreht. Du hast Gänsehaut und das ärgert dich, aber deine Mutter schüttelt nur den Kopf und murmelt etwas von »schwierigem Alter«.

Er sagt nichts und du wirst jedes Mal feucht und möchtest, dass er dich nimmt, aber du weißt nicht, wie genau das geht, und er tut nichts, während ihr über Geometrie und Zahlenachsen und wer weiß was redet. Das hast du vergessen, aber nicht das Gefühl zwischen den Beinen, das Flattern im Magen und das Herzzittern.

Dann fragt er am Ende einer Stunde plötzlich, ob ihr ausgehen wollt, ins Kino oder so, und er sieht dich dabei nicht an. Du sagst schnell ja und dein Herz macht Sprünge.

Du bist die ganze Woche völlig aufgedreht, deine Mutter flüstert »die Hormone« und dein Vater zuckt mit den Schultern. Du schließt dich im Bad ein, probierst alle Düfte durch, deine Mutter sammelt ja diese Proben, du prüfst die Schminktipps aus der »Mädchen« und kaufst dir neue Klamotten. Währenddessen dudelst du ohne Ende *Touch-A, Touch-A, Touch Me*.

Und dann ist der Tag da, du trägst ein schwarzes Hemdblusenkleid und ein paar Zentimeter Absatz an den Schuhen, in denen du wie auf Eiern läufst. Die Augen hast du rauchig gemalt, die Lippen braunrot und die blonden Haare fallen dir offen über die Schultern. So siehst du zwei oder drei Jahre älter aus. Er hat einen Erotikthriller in französischer Sprache in einem Kunstkino außerhalb der Stadt vorgeschlagen. Nicht gerade dein Geschmack und wovon die reden, wirst du sowieso nicht kapieren, weil du nicht deine blöde Kassenbrille aufsetzen willst, um die Untertitel zu lesen.

Er ist pünktlich. Deine Mutter flötet »viel Spaß«. Du steigst in seinen grauen, altersschwachen Wagen, und er küsst dir ein freundliches »Hallo« auf die Wange. »Du siehst gut aus.« Der Abend ist für diese Jahreszeit mild. Trotzdem ist dir kalt, du trägst keine Strümpfe unter dem schwarzen Kleid. Du lächelst. Sein Duft drängt sich auf, er riecht nach Moschus und Holz. Deine Beine sind schwer, der Magen flattert, deine Hände zittern. Du reibst sie aneinander.

»Ist dir kalt?«, fragt er, als ihr wieder vor dem Auto steht. Du nickst. Da nimmt er deine Hand in seine Hände, führt sie zu seinen Lippen und haucht warmen Atem darauf. Dann reibt er sie.

»Besser?« Du nickst, aber er lässt deine Hand nicht los, auch nicht, als er Karten kauft.

Er greift nach einem losen 20-DM-Schein, schiebt ihn durch das Fenster und stopft das Restgeld einfach in seine Hosentasche.

Er sucht nach Plätzen in den hinteren Reihen, zieht dich durch einen Gang. Ihr habt keine direkten Nachbarn, aber einige Plätze weiter sitzt ein knutschendes Pärchen. Du lächelst verlegen, er grinst nur. Dann wird es dunkel und schon bei der Werbung zieht er deinen Kopf zu sich und schiebt dir seine Zunge in den Mund. Sie ist warm und weich, seine Lippen voll und wollüstig.

Vielleicht nimmt er dich später mit nach Hause. Zwischen den Küssen siehst du Bruchstücke vom Film: eine Frau in knappem Bikini auf einem Motorboot, ein Haus am Meer, ein blutverschmiertes Messer. Die Männer verfallen den Dämoninnen.

Der Streifen nähert sich seinem Finale, die Musik wird lauter, eine Verfolgungsjagd auf dem Wasser, da nimmt er deine Hand und legt sie auf seinen Schritt. Dein Herz hämmert gegen deine Brust, du atmest kaum. Du tastest nach seinem Ständer.

Felix wirft einen Blick die Reihe entlang, öffnet seinen Reißverschluss. Er führt deine Hand unter seine Hose. Du berührst vorsichtig die zarte Haut. Du hast noch nie einen Schwanz gefühlt. Er stößt sanft gegen deine Finger, reibt sich daran und schiebt gleichzeitig seine Hand unter dein eng sitzendes Oberteil. Er bedeckt deinen Ausschnitt mit Küssen. Der Abspann beginnt. Er macht die Hose zu, raunt: »Ich will dir was zeigen.«

Draußen lässt er den Motor an, es ist kalt, er bemerkt es und dreht die Heizung auf. »Gleich wird's wärmer.« Ihr rast durch die Nacht, schweigt. Es geht eine Anhöhe hinauf, Wald umgibt euch, keiner unterwegs. Oben hält er an, die Sitze verschiebt er in Schlafstellung, du überlegst noch, ob du so dein erstes Mal willst, aber als er ganz langsam deinen Nacken küsst, dir das Kleid aufknöpft, den BH öffnet und dein feuchtes Höschen auszieht, lösen sich deine Gedanken auf. Du legst dich über beide Sitze.

Felix öffnet das Hemd, legt seinen Gürtel ab, dann steigt er etwas umständlich aus der Hose. Er kniet sich über dich, fährt zart mit den Fingern über deinen Schamhügel, tastet, ob du feucht genug bist, seine Finger verschwinden in deiner Muschi. Er streift ein Kondom über seinen Schwanz. Über dir kniend zwängt er sich zwischen deine Beine und dringt in deine nach ihm fiebernde Spalte. Du spürst einen Widerstand, es brennt, als er in dich gleitet. Er verweilt.

»Ist es gut?«, flüstert er und du spürst seine Erregung, die dich warm durchflutet, also nickst du und da nimmt er einen Nippel zwischen die Zähne, umfasst deine Hüften und bewegt sie kreisend. Du fieberst nach dem warmen Schmerz, den er dir zufügt, spürst, wie sein Schwanz dich weitet und wie er dann unter deinem anschwellenden Stöhnen immer unerbittlicher zustößt. Ihr erzittert und du wimmerst vor Vergnügen. Du kommst; er folgt dir. Lange liegt ihr ineinander verkeilt. Das Display seiner Armbanduhr zeigt 2 Uhr 10. Er löst sich von dir und küsst dich sanft. Du ziehst dich wieder an, er geht pinkeln. Deine Knie sind weich, als du aus dem Auto steigst. Die Lichter der Stadt funkeln tief unter dir. Du hast eine weite Sicht.

*

»Bravo, Carla!«, ruft Lana.

»Das erste Mal …« Tessa atmet hörbar aus und ihre Stimme überschlägt sich leicht. »Daran mag ich mich überhaupt nicht erinnern. Ich kann nicht sagen, ob mir alles zu schnell ging oder ob ich froh war, dass alles so schnell vorbei war.«

»Immerhin warst du verliebt, wenn die Geschichte wahr ist«, sagt Lana zu Carla gewandt, aber ihr Blick streift Nike. »Bei mir war es anders. Ich war in ein Mädchen verliebt und weil ich sie nicht bekommen konnte, hab ich mich von Adrian zum Sex überreden lassen. Der war nett und süß, er hat sich Mühe gegeben, aber ich habe mir immerzu Lilli vorgestellt. Das konnte ja nichts werden. Als ich später mit Vince zusammenkam, war der Sex wie ein Rausch. Mir war flau, wenn ich ihn nur gesehen habe. Ich konnte mich tagelang von zwei Toffifee und einem Apfel ernähren und habe mich nie besser gefühlt.«

»Ja, die erste Liebe«, seufzt Nike. »Da ranken sich viele Mythen drum. Aber was ist mit deiner zweiten Geschichte, Carla?«

»Okay, aber ihr müsst mir versprechen, dass ihr nicht sauer seid. Ja? Sonst erzähl ich sie nicht.«

Die Freundinnen nicken. »Versprochen«, sagt Lana.

Carlas zweite Geschichte

Der Rosenverkäufer

Erinnert ihr euch noch daran, wie ich mitten im dritten Semester weggefahren bin? Zu meiner Oma in den Schwarzwald?

In Wirklichkeit hat mir Jan einen Urlaub spendiert. Ihr wisst doch, mein damaliger Freund aus Frankfurt. Der mit den dunklen Augen, Anfang dreißig, der Unternehmer. Erinnerst du dich, Nike? Dein Favorit. Er hat einen kleinen Badeort in Südfrankreich ausgesucht. *Portiragnes Plage.* Niedrige Häuser, ein wenig verwittert, Platanen am Kanal, Salzwiesen und der französische Wochenmarkt. 15 Kilometer südöstlich von Béziers.

Vor unserem Apartment schlagen die Wellen an den Strand, in den Sträuchern zirpen Grillen und wir stehen morgens auf, um im Meer zu baden. Wir lassen die Sonne das Wasser auf der Haut trocknen, beißen in die warmen Croissants, die die Wirtin jeden Morgen an die Türklinke hängt. Jan hat Krümel im Mundwinkel. Seine Haare tropfen noch, kleine Rinnsale bilden sich auf den Wangen, fließen seinen Hals hinunter, lösen sich auf seiner Brust auf. Niemand kann uns sehen, wenn wir auf der Terrasse sitzen.

Jan stippt sein Croissant in den Milchkaffee, beißt ab, trinkt einen Schluck, ohne den Blick von mir zu wenden. Die Nacht hat seine Erregung nicht gestillt. Auf meinem Hals ist ein roter Fleck zurückgeblieben. Er erhebt sich. »Das Biest will die Schöne küssen.« Er reißt die Augen auf, hebt die Arme und kommt grölend auf mich zu. Ich muss kichern.

Jeden Morgen spielen wir solche Spielchen in zahlreichen Variationen. Er beugt sich über mich und öffnet meinen Mund mit seinen Lippen. Zärtlich umspielt er meine Zunge, umfährt sie, saugt an ihr. Erst zart, dann immer kräftiger. Er zieht mich vom Stuhl und presst mich an seinen Körper. Seine Haare haben den Meeresgeruch aufgesogen. Die Sonne gewinnt an Kraft. Sanft, aber bestimmt drücke ich ihn von mir. So kann ich ihn besser betrachten: seine Augen, deren Farbe sich je nach Lichteinfall verändert, Drachenaugen; die gebräunte Haut, die trainierte Schulterpartie, die Muskeln.

Sein Schwanz richtet sich auf, er presst ihn an meinen Oberschenkel. Wärme steigt meinen Körper hinauf. Ich streiche mit den Nägeln sacht seinen Rücken entlang, mit den Handflächen fahre ich über seinen Po, umfasse ihn, massiere seinen Ständer. Er streichelt meine Möse, öffnet zärtlich die Schamlippen. Seine Finger werden feucht.

Ich wende mich ab und gehe ins Schlafzimmer. Jan folgt mir. Ich streife den kurzen Rock über, während er mir den Rücken küsst. Dann ein Seidentop. Beides habe ich am Tag nach unserer Ankunft in einem kleinen Laden gefunden. Ich bin überrascht, wie wohl ich mich darin fühle. Ich bin eher der Jeanstyp. Aber hier ist es anders. Ich genieße den Wind auf meinen Schenkeln. Ich habe mir sogar schwarze Riemchensandaletten gekauft. Das Laufen darin ist noch ungewohnt.

Hier bin ich keine Studentin, die den Tag in stickigen Bibliotheken und langatmigen Seminaren verbringt. Auch nicht das unkomplizierte Mädchen mit dem dunkelblonden Pferdeschwanz, den Polohemden und den Sneakern. Hier bin ich ganz Frau.

Jan öffnet mir die Wagentür. Sein Blick haftet an meinen Beinen, die der kurze Rock in Szene setzt. »Was hast du vor?«, frage ich. Er grinst und legt einen Finger an die Lippen: »Geheimnis.« Grübchen zeichnen seine Mundwinkel. Sein Gesicht wirkt so jugendlich und doch ist er ganz Gentleman.

Ein Straßenschild: *Béziers 13 km;* wir rasen vorbei. Wolkenloser Himmel. Die Mittagshitze hinterlässt kleine Schweißperlen auf der Haut. Seine Hand gleitet unter meinen Rock, während er seinen Blick auf die Fahrbahn gerichtet hält. Er tastet nach meinem Tanga und liebkost sanft meine Klitoris. »Ich will nicht warten.« Ich zünde eine Zigarette an, kurble das Fenster hinunter, nehme einen tiefen Zug. Wind zerzaust mein Haar. Fast ärgere ich mich. Woher nimmt er diese Sicherheit?

»Impertinent bist du, naseweis.« Er lacht. »Ja?«

Mehr sagt er nicht.

Wir schlängeln uns durch eine dicht bewaldete Berglandschaft. *Parc naturel du Haut Languedoc*, entziffere ich. Neben uns eine Schlucht. Vorbei an Bergdörfern. »Ein Naturreservat seit 1973«, zitiert Jan seinen Reiseführer. »Es umfasst 145.000 Hektar. – Sieh mal, eine Esskastanie!«

Ich nicke stumm. Wir folgen einem Fluss, der ein Tal in die Erde gegraben hat. Biegen in einen Waldweg ein, lassen die Dörfer hinter uns. Auf einer hoch gelegenen Lichtung stoppt Jan den Wagen. »Lass uns aussteigen.«

Diesen Ausblick sehe ich noch wie heute vor mir. Der wolkenlose Himmel, die Weite der Landschaft, wenige ameisengroße Häuser unter uns. Er streichelt über mein Haar, berührt meine Wange. Aus dem Kofferraum holt er eine Picknickdecke und eine Kühlbox. Wir laufen ein Stück in den Wald hinein. Dann verlassen wir den Pfad und klettern eine kleine

Anhöhe hinauf. Jan breitet die Decke im Schatten einer Pinie aus. Eine Flasche Prosecco, zwei Gläser, Weintrauben und gekühlte Pralinen.

»Leg dich hin.« Er deutet auf den Platz neben sich. »Mund auf. Augen zu.« Ich horche auf. Sonst ist er so höflich und zuvorkommend. Ich lasse mich von ihm leiten, spüre die glatte Oberfläche einer Traube, die sacht die Linien meiner Lippen nachzeichnet. Sie ist rund und kühl. »Beiß ab.« Und schmeckt süß.

Der Saft rinnt meine Kehle hinunter. Er setzt sich auf mich, gleitet mit den Fingern meinen Körper entlang, zeichnet mein Gesicht und die Brüste nach, ertastet meinen BH unter der Bluse, dann meinen durchtrainierten Bauch. Er umfährt meine Muschi, die Beine, die Füße, die Waden, die Schenkel wieder hinauf. Jans Hände gleiten unter meinen Rock, halten unter meinem behaarten Dreieck. Er lässt eine Hand an der Innenseite meines Oberschenkels ruhen, krallt die Nägel hinein, löst die Spannung. Mein Atem geht schneller. Meine Klitoris pocht.

»Wenn uns jemand sieht?«, flüstere ich. Jan lacht heiser. »Ich bin gleich wieder bei dir. Die Augen bleiben zu.« Er löst sich von mir. Vögel tirilieren, leiser Wind in den Bäumen und auf meinem Körper. Er kühlt die Hitze zwischen meinen Beinen. Zikaden. Das Plätschern eines Baches. Mit den Fingern streiche ich durchs Gras. Es kribbelt an den Spitzen.

»Zieh dich aus.« Er ist neben mir. »Aber nicht den Rock und vergiss nicht das Höschen. Und wehe du machst die Augen auf.« Ich tue, was er mir sagt, lasse mich fallen, spüre seinen Atem an meinem Gesicht. Noch berührt er mich nicht.

Sein Amberduft. Jan kniet über mir. Ich strecke meine Hände nach ihm aus. Streichle seinen Oberkörper hinab bis zum Bauchnabel. Er ist nackt. Sein Schwanz berührt meinen Bauch, sein Atem geht schneller. Mit der Zunge umkreist er meine Nippel. Saugt sanft, legt den Kopf zwischen meine Brüste. Ich kraule seinen Nacken, küsse seine warme Stirn.

Er keucht. Ich spüre seine Erregung. Er nimmt meine Brustwarze in den Mund, saugt jetzt fester. Ein Kribbeln durchfährt meinen Körper. Ich strecke mich ihm entgegen.

Die Nippel brennen zart und schicken ein warmes Kribbeln durch meinen Körper bis zu meiner erhitzten Spalte. Ich stöhne auf. Sein Gewicht liegt auf mir. Er fährt wild mit seiner Zunge in meinen Mund. Liebkost, saugt, lutscht. Mit einer Hand umfasst er meinen Po. Mein Saft fließt aus mir heraus. Er spürt meine Lust und dringt mit seinem Steifen unter meinen Rock. Leicht berührt er meine Möse. Stößt fordernd mit der Schwanzspitze dagegen. Dann hören wir Stimmen.

»Sei ganz still«, wispert Jan.

Mit einem Seufzen umfasst er meinen Po und presst meinen Unterleib an seinen Kolben. Ohne Zögern fährt er in mich hinein. Bleibt dort. Verharrt. Die Stimmen kommen näher. »Ich will mich in dir ergießen.« Er fährt mit der Zunge über meine Ohrmuschel.

Sie bemerken uns gar nicht, sagen nur abwechselnd: »Lovely, so lovely« und »How wonderful, isn't it wonderful?« Es scheint ewig zu dauern. Wir liegen hinter den Zweigen eines vertrockneten Gebüschs direkt über ihnen, hören ihr schnaufendes Atmen. Sie aber blicken in das Tal hinab, mit dem Rücken zu uns, staunen »lovely, so lovely«, beißen in ein mitgebrachtes Sandwich, staunen noch einmal und verschwinden wieder.

Wir schmiegen uns aneinander. Jan stößt ein paarmal kräftig in mich hinein, um dann innezuhalten und sich langsam aus mir herauszuziehen.

»Und?«, fragt er.

»Und was?«

»Was denkst du gerade?« Er knabbert vorsichtig an meinem Ohr. Ich richte mich auf. »Wonderful, so wonderful.« In Zeitlupe schiebe ich eine Weintraube zwischen die Zähne, knacke sie. Jan lacht, streichelt liebevoll meinen Arm. »Heute Nacht wird unsere Nacht.«

*

Ich schlendere über die römische Brücke. Der Klang meiner Schritte auf den Steinen. In der Mitte bleibe ich stehen. Wieder dieses Lied im Ohr, *Love me tender*. Das nervt total.

Hier treffen der *Canal du Midi* und der *Orb* aufeinander. Ich muss kichern. Jetzt denke ich schon wie Jan mit seinem Pocket-Reiseführer.

Kleine Wassertropfen funkeln wie Diamanten im Sonnenlicht. Ein paar Maler gehören zur perfekten Kulisse. Die Anhöhe mit der Kathedrale umstanden von Bäumen und Büschen, charmant verfallene Häuschen, die Kanalbrücke. Ich trage die Riemchensandaletten und wippe leicht mit den Hüften.

Jan wartet im Café auf mich. Er hat sich bestimmt Espresso bestellt und ist jetzt in seine Zeitung vertieft. Vielleicht raucht er und lässt den Blick über den Platz streifen. Sieht einer jungen Französin oder einem alternden Mann auf dem Weg zum Boulespielen hinterher. Er ahnt nichts von meinem Vorhaben.

Ich zücke den Stadtplan und bewege mich mit der Karte in der Hand durch labyrinthartige Gassen mit kleinen Geschäften. Bäckereien und Bistros, ein Laden für allerlei Kleinkram und Nippes, dazwischen ein Kiosk, mit einem Drehständer für Ansichtskarten. Ich kaufe Zigaretten und einige Postkarten, Briefmarken haben sie nicht. Schwamm drüber. Die werden einen Platz im Fotoalbum oder auf dem Küchenbord finden.

Ich lasse den Blick streifen, werde endlich fündig. Dort, ein Schild mit einem Pfeil verweist auf einen weinumrankten Durchgang. Der Springbrunnen im Innenhof gluckst, zwei weiße Tauben haben sich auf seinem Rand zum Trinken niedergelassen. Sie heben die Köpfe, als ich näherkomme, gurren und trinken weiter. Ein helles Glöckchen bimmelt, als die weiße Tür ins Schloss fällt. Die Verkäuferin schätze ich auf Mitte vierzig. Ihre braunen Haare trägt sie hochgesteckt. Sie ist rund und lächelt freundlich.

»Bonjour, Mademoiselle.«

»Bonjour«, erwidere ich, *»äh,* do you speak English or German?« Mein Sprachproblem habe ich über meine Träumereien ganz vergessen. Sie schüttelt energisch den Kopf, lächelt dann aber wieder und leitet mich mit einer einladenden Geste zu einem großen Spiegel. Sie bedeutet mir mich zu drehen, und als ich zögere, fasst sie mich um die Taille und schwingt mich einmal im Kreis.

»Vous êtes jolie, Mademoiselle, très jolie.« Sie führt mich zu zwei weißen Korbsesseln, weist mir einen Platz an, und breitet Dessouskataloge vor mir aus. Verspieltes, unschuldiges Weiß in den Verkaufsvitrinen, auf den Rattansesseln und dem runden Tischchen mit der Glasplatte. Weiß gestrichen sind auch der Tresen und die Tür. Weinrote Volants vor den Fenstern und der Umkleidekabine.

»Prenez votre temps, s'il vous plaît!«

Ich nicke und blättere im Katalog. Die Mädchen lächeln und träumen in Reizwäsche und mit Schmollmund. Eine räkelt sich in einem perlenbesetzten Stringbody auf einem goldverzierten Himmelbett. Rosafarbene Satinbettwäsche. Ihre Finger spielen mit einer langen Kette. Verführerin und Muse. Sie hält die Fäden in der Hand, erwählt ihren Gott in ihrem Reich. *Tja.*

»Bracli«, sagt eine Stimme hinter mir. Sie muss meinen Blick bemerkt haben. Ihr entgeht das nicht. Schon sucht sie in der Vitrine. »Trente-huite?«, fragt sie. Ich nicke. Ob ihn das scharf macht? Teuer wird der Body sein, mit Spitzenbesatz.

»Sex and the City«, sagt die Verkäuferin mit französischem Akzent. Ich verstehe nicht. »Pardon?«

»Sex and the City«, wiederholt sie und zeigt auf den Stringbody, den sie gerade aus der Vitrine nimmt. Ja, sicher, ich erinnere mich. Der Gedanke gefällt mir. In der Kabine schlüpfe ich in das schwarze Modell. Es dehnt sich, schmiegt sich an meinen Körper. Der hohe Schnitt betont meine langen Beine. Manacor-Perlen, reine Seide.

»Meine Königin!« Jans Stimme in meinem Kopf. *Er betrachtet mich, winkt mich zu sich aufs Bett.* Mit roten Wangen und schüchternem Lächeln schüttele ich den Kopf.

»Non?« Die Verkäuferin hat den Vorhang ganz beiseite geschoben und wundert sich über mein Kopfschütteln. »Mais, c'est jolie, cette ensemble. Jolie!«

Ich betrachte mich im Spiegel. »Oui, c'est jolie«, wiederhole ich. Sie lächelt zufrieden, reicht mir ein transparentes Set in die Kabine und schließt den Vorhang.

Tüll mit Blumenstickereien von Passionata. 36 Euro 50 allein der BH. Durch den String erkennt man mein Schamhaar. Der BH verdeckt ebenso wenig. Ein paar Applikationen dienen der Ästhetik. Reizwäsche für Girlies. Mein alltägliches Ich habe ich irgendwo zwischen Abflug und Ankunft zurückgelassen. Die Rationalität, die Vorsicht, das Hinterfragen – einfach abgelegt. Fallen lassen ohne doppelten Boden. Der Vorhang schiebt sich beiseite.

»Alors, vous êtes irrésistibles, Mademoiselle.« Sie sieht mich lange an, zeigt mir noch eine Korsage mit gefütterten Cups und abnehmbaren Trägern und Strumpfbändern sowie ein Negligé mit tiefem V-Ausschnitt aus Spitze und Tüll. Bänder schnüren es am Rücken. Beides spricht mich an, aber ich wehre ab. Mehr kann ich mir nicht leisten. Ich habe mich entschieden.

*

Jan klopft an die verschlossene Schlafzimmertür. »Was machst du so lange?«

»C'est un secret bien gardé, mon chéri.«

Edler Stringbody oder durchsichtiger Blütentraum? Wenn ich nur wüsste, was Jan vorhat und welche Rolle er heute Abend spielen will.

»Liebling, wir sind spät dran. Ich habe reserviert.«

Das taillierte Kleid mit V-Ausschnitt, den altroséfarbenen Lidschatten, den Gloss für die Lippen.

»Das Taxi ist da.«

»Taxi?« Die Riemchensandaletten, die Perlenkette, die Ohrstecker aus Süßwasserperlen.

»Engel, Sonne, Göttin der Nacht …«

Lycheeduft, *Laura,* mein Sommerparfüm.

»Muse, Fee, Zauberin …«

»Ist ja gut. Du kannst aufhören. Jetzt darfst du reinkommen.«

Erstaunt bleibt er stehen. Sprachlos, baff.

Er trägt ein mokkafarbenes Kurzarmhemd, eng anliegend, es betont seinen Oberkörper. Dazu weiße Sommerhosen. So hatte ich ihn vor vier Wochen das erste Mal gesehen. »Darf ich?« Jan reicht mir den Arm. Ich hake mich unter.

Er hat ein kleines Restaurant am Ende einer verwinkelten Gasse ausgesucht. Umgeben von hohen Bäumen sitzen wir in einem Innenhof. Eine Fontäne plätschert Wasser in einen Goldfischteich. Ich muss unwillkürlich an den Laden denken, an seine runde Besitzerin und ihr warmes Lachen, an ihre Dessous, die ich nur hier tragen werde.

Jan ordert Champagner und zweimal Jakobsmuscheln. Kerzen brennen zu Nat King Cole. Die Nacht ist lau. Einwandfrei arrangiert, virtuos und fehlerfrei. Typisch Jan. Ein Hollywoodschinken in Raubkopie. Ich lächle, schlürfe Champagner, stopfe die Muscheln in mich hinein. Der Champagner perlt auf der Zunge und verdrängt den Geschmack von Meeresfrüchten. Wie er so dasitzt und still in den Abend schaut und nach dem Essen mit seinen schlanken Fingern eine Zigarette zwischen die Lippen schiebt und »mein Engel« flüstert, da weiß ich, was ich an ihm begehre. Er sieht mich lange an und erst allmählich werde ich mir auch über das Ausmaß meiner Wirkung auf ihn bewusst.

Jan hat einen Rosenverkäufer gesichtet und winkt ihn an den Tisch. Er kauft ihm alle ab. Der Mann freut sich und spricht behände auf Jan ein, der mir etwas sagen will, aber nicht dazu kommt, weil der Verkäufer noch immer dasteht.

Jan zieht seine Stirn in Falten. »Leave us alone«, brummt er in schlechtem Englisch. Aber der Blumenhändler versteht ihn nicht; er ist alt und redet weiter auf ihn ein. Da knallt Jans Faust auf den Tisch, die übrigen Gäste drehen sich nach uns um. Jan springt auf. Dicht steht er vor dem anderen und scheucht ihn mit ausladenden Gesten weg. Der Alte zieht schlurfenden Schrittes davon.

Jan bemerkt meinen ausweichenden Blick, meine roten Wangen. »Entschuldige, dass du das erleben musstest.« Ich verdrehe die Augen. Er setzt sich und spricht unbeirrt weiter: »Manchmal verstehen die keine andere Sprache.« Die Anlage plärrt und das Brunnengeplätscher drängt sich zwischen den Musikpausen in den Vordergrund, um sich bei *Don't know much* wieder zu verlieren.

»Ich liebe dich, Carla.« Ich kann nichts erwidern. Meine Gefühle treiben in einem riesigen Meer. Jan greift nach meiner Hand. Ich umschließe sie fest. Ich will den Vorfall vergessen.

»Wollen wir?« Jan nickt, ordert die Rechnung und zahlt.

Draußen in der Gasse nimmt er mich lange in den Arm. Ich lehne mich an seinen Körper. Ich umschließe seine Lippen mit meinen, fordernd umspielt meine Zunge die seine. Ich öffne die obersten Knöpfe seines Hemds, küsse seine warme Haut, atme seinen Duft ein.

»Wenn wir wieder zuhause sind, stelle ich dich meinen Eltern vor.«

»Ich will nackt mit dir baden. *Jetzt.*«

»Nicht hier«, sagt er und zieht mich mit sich. Wir laufen die Promenade hinunter. Turtelnde Paare, ein paar Lichter hier und da.

»Zieh die Schuhe aus.« Die Füße im nachtkalten Sand, abgeschlossene Liegestühle, aufgetürmt. »Noch ein kleines Stück«, erklärt er. Die Laternen an der Promenade geben nur ein schwaches Licht ab. Am Meer lassen wir uns das Wasser um die Füße spülen. Die Lichter bleiben zurück. Im Dunkeln sieht man gerade noch die Umrisse der Dünen. Grasbüschel wehen gespenstisch im Wind. Ich lasse die Rosen in den Sand fallen.

Wir ertasten uns im Dunkeln. Er lässt seine Hände an meinem Körper entlangfahren, knabbert an meinem Ohrläppchen, umschließt meine Brüste, massiert sie mit festem Griff. Ich überlasse mich seiner Lust. Jan drängt sich an mich, reibt seinen Schwanz an meinen Oberschenkeln. Seine Hände schieben mein Kleid hoch. Ich stoße ihn sanft zurück.

Vorsichtig löse ich den Neckholder, lasse ihn langsam hinabgleiten. Wie in Zeitlupe streife ich auch den Rest ab. Die Dessous fallen lichtlos von mir ab. Nackt stehe ich vor ihm.

Der erwartete Duft, die festen Muskeln an seinen Oberarmen, sein Schwanz, der zwischen meine Beine drängt. Aber ein fremdes Fordern hat sich in seine Berührungen gemischt und lässt mich erschaudern.

Seine Hände verschränken sich hinter meinem Po. Er hebt mich hoch und versucht im Stehen in mich einzudringen, stößt fest zu, aber schreit schmerzerfüllt auf, als er auf eine Unebenheit im Sand tritt. Dann löst er sich, stößt mich hinunter und wirft sich mit seinem gesamten Gewicht auf mich. Er nimmt meine Nippel zwischen die Lippen, saugt fest an ihnen, beißt. Ich stöhne auf. Gleich wird er in mich eindringen. Aber er lässt von mir ab. Nimmt stattdessen meine Hände, reißt mich hoch, mit sich ins Meer hinein.

Es ist eisig, meine Brustwarzen ziehen sich zusammen. Ich weiche zurück. Aber Jan duldet keinen Widerspruch. Er zerrt mich tiefer ins kalte Wasser. Wir springen in eine Welle. Jan steht. Ich umklammere ihn mit meinen Beinen. Reibe mich an ihm. Er lässt es zu, bis ich mich auf seinen Ständer setzen will. Er stößt mich von sich, wickelt seine Arme um meinen Körper und trägt mich ans Ufer.

Dort legt er mich sanft in den Schlick, spreizt meine Beine und lässt mich warten. Eine Ewigkeit.

Sein Schwanz kitzelt meinen Bauch, als er sich auf mich legt. Er stöhnt. Ich halte mich an ihm fest, will oben sein. Wir wälzen uns, bis ich doch wieder unter ihm liege, ganz still, überwältigt.

Er presst sein Gewicht auf mich.

Das Wasser kommt und geht, umspült unsere Körper; die brechenden Wellen erreichen meine Brüste, eine schwappt bis zum Hals hinauf. Algenfetzen bleiben an uns haften.

Ich höre das Brechen der Wellen, schmecke Salz auf unseren Lippen.

Als ich nachgebe und die Beine noch weiter öffne, löst er sich von mir, sieht zu, wie das Wasser meine glühende Möse umspült. Sekunden dehnen sich. Als wieder eine Welle an mir hochschäumt und dann zurückfließt, packt er meine Knie.

»Tu es«, schreie ich, aber er presst seine Hand auf meinen Mund, atmet schwer und lässt mich warten.

Seine Hand ist feucht und salzig. Ich umfasse seinen Schwanz, bewege ihn auf und ab. Da hält er es nicht mehr aus, fährt in meine feuchte Spalte und stößt zu. Ich winde mich unter ihm, spüre, wie die Lust in mir hochkriecht, die Beine hinauf bis zum Kitzler, wie mein Verlangen sich breitmacht. Ich wimmere, lasse ihn gewähren. Er bemerkt es, reitet mich jetzt immer schneller und unbeugsamer. Lange kann ich die Welle nicht zurückhalten, ich schreie auf, er stößt noch zwei-, dreimal kräftig zu, bis es ihm kommt. Die Wärme fließt durch meinen Körper. Wir erschlaffen.

*

»Und? Wie ist es weitergegangen?«, fragt Lana. Carla holt Luft. »Am nächsten Tag sind wir nach Hause gefahren. Jan war großzügig und charmant wie immer, aber für mich waren das nur Oberflächlichkeiten. Der ganze Typ bestand daraus.

Und immerzu diese albernen Kosenamen. Vorher habe ich das ignoriert, aber sein Wutausbruch im Restaurant, diese Arroganz, das hat das Fass zum Überlaufen gebracht. Nach dem Urlaub hat er dauernd angerufen, aber da war es für mich längst vorbei.«

»Warst du sehr enttäuscht?«, fragt Tessa.

»Im Gegenteil«, erwidert Carla und grinst.

Tessa wischt sich mit einer Serviette den Mund ab. »Ich kapier's nicht. Was hat dir das Ganze gebracht? Ich kann nicht verstehen, weshalb du dich überhaupt auf so einen eingelassen hast.«

»Dann hättest du den Sex mit ihm erleben müssen.« Tessa zieht die Augenbrauen hoch.

»Für mich war das auch eine neue Erfahrung, Tessa. Er hat mich gehörig durcheinandergewirbelt. Seitdem weiß ich, wie ich auf Männer wirken kann. Mr Right ist trotzdem noch nicht aufgetaucht. Mehr gibt es dazu nicht zu sagen.«

»Aber warum musstest du Hals über Kopf mit ihm verreisen?« Nike schüttelt den Kopf. »Noch dazu mitten im Semester? Verliebt warst du auch nicht. – Zu dumm, dass aus euch nichts geworden ist. Er schien doch so erfolgreich. Ihr hättet gut zueinander gepasst.«

Lanas Glas schwankt mit ihrer Hand. »Dein Glas«, ruft Tessa aus. Aber Lana kann sich vor Lachen kaum noch halten. »Mann oh Mann, Nike. Das ist derart schräg, was du da sagst. Sich begehrt zu fühlen, ist wohl kein Grund für dich, mal was Verrücktes zu machen? Ich hätte das genauso durchgezogen. Diese Erfahrung hat Carlas Persönlichkeit verändert.«

»*Hmm* … entschuldige, aber ich, für meinen Teil, kann keinen Wandel feststellen«, bemerkt Nike. »Carla trägt noch immer ihre verwaschenen Hüftjeans und Sneakers. Auch ihre

Ausstrahlung ist dieselbe geblieben. Sie ist Carla, wie sie immer Carla war.«

Lana leckt einen Krümel Apfelkuchen von der Gabel. Sie schließt die Augen und sieht Carla wie damals vor sich. Braungebrannt und erholt, mit diesem verschmitzten Lächeln um die Mundwinkel.

»Carla war für kurze Zeit anders. Ich erinnere mich genau. Die Story mit deiner Großmutter habe ich dir nie so ganz abgenommen. Du trugst plötzlich Lippenstift und diese auffälligen grünen Hängeohrringe. Kleine Korrekturen. Du hättest ja auch schlecht dein gesamtes Auftreten ändern können, oder?«

»Selbst wenn deine Beobachtungen korrekt sind – sorry, Carla –, ist das noch lange kein Beweis. Ich glaube diese Geschichte nicht.« Carla verzieht keine Miene. Sie begutachtet die ausgebreiteten Speisen. Schließlich sagt sie: »Von mir wisst ihr jetzt schon viel zu viel.«

Lana schüttelt den Kopf, während sie versucht, mit der Zunge ein Stück Obst, das sich zwischen ihren Zähnen verkeilt hat, zu lösen. »Spatz«, sagt sie, »du vergisst, dass wir gar nichts wissen. Das macht es ja so spannend.«

»Ich bin mir sicher, dass …«

»Stopp!«, fällt Lana Nike ins Wort. »Noch werden keine Hinweise entgegengenommen. Erst wenn alle erzählt haben.«

»Na schön«, mault Nike. »Dann bist du jetzt dran, Lana. War ja schließlich auch deine Idee.«

Lana nickt. Alle Augen sind auf sie gerichtet.

Lanas erste Geschichte

Schmetterlingsflügel

Ihr wisst ja, dass ich ein Nachtmensch bin. Ich bleibe bis nach Mitternacht wach, und morgens komme ich dann nicht aus dem Bett. Carla kann das bezeugen. Ich hab sie oft wach gehalten, in unserer WG-Zeit.

In Hildesheim werden nach Geschäftsschluss die Bürgersteige hochgeklappt. Die Stadt ist wie ausgestorben. Besonders im Winter, da rennen alle gleich nach Hause. Nur in wenigen Kneipen sammeln sich nachts die Studenten und ein paar Übriggebliebene. Die Mehrheit starrt gebannt auf Fernsehbildschirme und träumt von der großen Liebe oder vom Urlaub in Afrika oder doch wenigstens von der einen oder anderen prickelnden Affäre. Deshalb bleibe ich nach der Vorstellung noch oft in der Kantine.

Wenn Biggy, unsere Thekenfrau, auch nach Hause will und selbst Thomas, der Beleuchter, schon gähnt, ziehe ich noch einmal an meiner Zigarette und helfe Biggy, alle Lichter zu löschen. Wir sind immer die Letzten, das schweißt zusammen, obwohl wir wenig voneinander wissen. Jeden Abend das Gleiche.

Meine Geschichte spielt in eben einer solchen Nacht, im Dezember. Bunte Lichter hinter Spitzenvorhängen blinken Morsesignale an die stehengebliebene Welt.

Ich schließe die Wohnungstür auf, hoffe, dass Jakob, mein Mitbewohner, noch wach ist. Ich kenne kaum Leute in dieser piefigen Stadt. Ich sehne mich nach einer Katze, so einem norwegischen Waldmonster, wie Carla eines hat. Aber bei meinen vielen Umzügen ist das nicht drin.

»Jakob?«, rufe ich leise und schließe die Wohnungstür.

Jakob hat Magda, einer Kollegin frisch von der Schauspielschule, einen Gefallen getan: Er hat sie heute auf dem Klavier begleitet, damit ihre Gesangseinlage endlich mal sitzt und Claus sie bei der nächsten Probe nicht schon wieder vor allen anderen fertigmacht. Ich will gerade bei ihm anklopfen, da stöhnt sie auf dem hohen »C« und er keucht »Magda«, immer wieder »Magda«. Ich halte gerade noch rechtzeitig in der Bewegung inne, lasse die Hand von seiner Türklinke sinken und trotte in die Küche. Da sitze ich und starre ins Leere. Warum bin ich auch in dieser verdammten Stadt, an diesem miesen Theater, ohne Freunde in erreichbarer Nähe?

Es ist stockfinster. Ich zünde eine Kerze an, knibble am Wachs und nehme eine angefangene Flasche Rotwein vom Küchenbord. Der Korken lässt sich ohne viel Kraft aus der Flasche ziehen. Ich schenke mir ein. Rotes Stillleben im Kerzenlicht.

Ich betrachte die Postkarten und Fotos, mit denen ich immer meine Küche tapeziere. Sie geben mir ein wohlig warmes Gefühl. Ich lasse die Schultern fallen, mein Gesicht entspannt sich.

Da, meine Großmutter mit ihrer Sammlung von Groschenromanen – *Julia, Deliah, Bianca* –, die unter ihrem Kopfkissen hervorschauen. Ihr warmes Lächeln.

Sonja, Sarah und Annemie. Sie kichern in die Kamera. Alle drei im Bikini. Gerade 15 sind wir da.

Mein Vater neben seinem weißen Segelboot an der Alster. Ich bin oft mit ihm rausgefahren.

Dann du, Carla, wie du mir gerade fehlst, mit dir zusammen würde ich mich jetzt über Magdas hohes »C« amüsieren und die Küche wäre voll von unserem Qualm und unseren Stimmen.

Und da Nike, Tessa und Marja. Zusammen in Berlin. Da haben wir nach der Premiere gefeiert.

Wir waren auf die Unis der Stadt verteilt und in verschiedenen Studiengängen eingeschrieben. Wisst ihr eigentlich, was für ein Glück wir hatten, uns trotzdem kennenzulernen?

Das Foto meiner Mutter. Ihr leichter Überbiss. Ihre Stimme in meinem Kopf: »Nimm dich mal zusammen, Mädchen. Du wusstest ja, was auf dich zukommt. Wenn man unbedingt zum Theater will …«

Ich stehe auf, nehme mein Weinglas mit, setze mich aufs Fensterbrett. Ein Bein ziehe ich an meinen Bauch, das andere dient für den Stand. Ein voller Mond prangt am Himmel. Unsere Küche zeigt auf einen engen Hinterhof, wie in meiner alten Wohnung in Berlin. In Hildesheim ist so ein Ausblick eher selten. Die Wohnungen gegenüber – man hat das Gefühl, man könne denen von drüben die Hand reichen – sind fast alle dunkel. Nur hinter einem Fenster flackert blaues Licht, tönt gedämpftes Stöhnen. Da schaut einer Pornos.

Wahrscheinlich der verrückte Opa, der mich immer zu laut grüßt und lacht, mit seinem Ohrring und dem Kinderroller, auf dem er sich durch die Stadt bewegt. Bunter Kauz, aber gerade deshalb sympathisch im Hildesheimer Einheitsgrau.

Hier und da weihnachtlicher Fensterschmuck. In unserer Küche stehen vier Kerzen auf einem Korkbrett, drum herum habe ich Tannenzweige drapiert. Eine Dose voll Roibuschtee mit Zimtaroma steht auf dem Küchentisch. Ohne Freunde ist es in der Adventszeit nicht nur draußen kalt. Und in dieser ausgestorbenen Stadt gibt es ausschließlich Kneipen für Dinosaurier. Mit so einem möchte ich mein Bett nicht teilen. Noch nicht mal jetzt, nicht mal für eine Nacht.

Ein Stockwerk höher, schräg gegenüber, ist ein Fenster hell erleuchtet. Eine Frau und ein Mann – ich bin ihnen manchmal beim Einkaufen begegnet, schätze beide auf Mitte dreißig – sitzen am Esszimmertisch und trinken Wein. Sie gestikuliert wild und lacht. Er bleibt ernst, sieht sie lange an. Sie schüttelt ihre kastanienbraunen Locken, legt den Kopf schief, die Haare fallen auf die rechte Seite.

Magda und Jakob haben zu einem Anlauf auf weitere Orgasmen angesetzt. Jakob mit seiner schwarzen Krause und seinem Lächeln. Der Typ am Klavier, im Hintergrund, immer dabei.

Der Nachbar steht jetzt hinter der Frau, hat seine Hände auf ihre Schultern gelegt. Jakobs Hände gehören zum Klavier. Seine Stimmung spiegelt sich in den Stücken, die er spielt. Jakob ist nicht allzu groß. Der andere ist hoch gewachsen und schmal, seine Frau füllig mit runden Brüsten.

Das blaue Licht im anderen Fenster ist jetzt erloschen. 3 Uhr 10. Der Porno ist vorbei. Stattdessen ein fremdes, dunkles Lachen zwischen Magdas spitzen Schreien. Die Frau ist aufgestanden und hat ihren Mann zur Seite geschoben. Er steht da und beobachtet sie. Sie streift ihr Kleid ab. Darunter trägt sie eine weiße Korsage und Strapse. Ob die beiden Hochzeitstag haben oder warum hat sie sich so schick gemacht? Die Taille ist im Gegensatz zu ihren Hüften schmal. Sie setzt sich auf den Esszimmertisch, schwarze Pumps an ihren Füßen. Wie eine delikate Beigabe hockt sie da mit gespreizten Beinen. Sie formt Worte. *»Sieh mich an«*, sagt sie. *»Schau genau hin.«*

Ihn sehe ich nur von hinten. Sein Po ist rund, kräftige Schulterblätter unter dem schwarzen Rollkragenpulli. Sie sieht in meine Richtung. Ich rutsche von der Fensterbank, knie mich auf die Dielen vor der Balkontür und drücke meine Nase gegen die Fensterscheibe. So können sie mich nicht sehen.

Die Kerze, verdammt. Auf allen vieren krieche ich zum Küchentisch und puste die Flamme aus. Ich schleiche mich zurück zum Fenster und nehme meine Position ein.

Die Frau stützt sich mit einem Ellbogen auf dem Tisch ab, mit der anderen Hand berührt sie sich selbst. Sie erinnert mich an die *Danae* von Klimt: Wie eine Frucht in voller Reife, üppig, alles im Überfluss vorhanden. Sie befeuchtet ihre Finger, holt eine Brust aus dem Cup und massiert ihre Nippel. Öffnet ihren Mund, stöhnt. Unsere Fenster stehen selbst im Winter auf Kipp. Jakob ist ein Frischluftfanatiker und den Nachbarn geht's wohl genauso.

Ich wage kaum zu atmen; das Fenster beschlägt davon. Ich hauche mehr Luft an die Scheibe und poliere sie mit meinem Ärmel. Jetzt hält er es nicht mehr aus. Er geht auf sie zu. Streichelt über ihr Gesicht. Sie streift ihm den schwarzen Rollkragenpullover über den Kopf und öffnet seine Hose.

Ich spüre die Hitze auf meinen Wangen, nehme einen Schluck Wein, mein Glas zittert. Er hält seinen Schwanz mit einer Hand umschlossen und reibt seine Spitze an ihrer Möse. Jetzt kann ich seinen straffen Bauch erkennen.

Er lässt von ihr ab, um sich ganz zu entkleiden. Sie bewegt provokativ ihr Becken und sieht ihm zu. Als er fertig ist, umfasst er ihr Gesicht und gibt ihr einen langen Kuss. Seine Hände wandern zu ihren Schenkeln und spreizen sie, während seine Zungenspitze ihre Brustwarzen umkreist. Er saugt an ihnen. Dann fährt er ihren Bauch hinab und umspielt ihren Nabel. Er legt seinen Kopf in ihren Schoß und vergräbt sich darin.

Sie stützt sich mit den Händen auf dem Tisch ab, ihren Kopf hat sie in den Nacken gelegt. Die langen Haare, die ihr bis zur Taille reichen, fallen über die Tischkante. Unter seinen Liebkosungen streckt und dehnt sie sich wie eine Katze.

Meine Muschi ist feucht geworden.

Während der Mann seinen Ständer in ihre Hände legt und sie ihm entgegenrutscht, um ihn in ihren vollen Schenkeln zu versenken, ziehe ich den Slip unter meinem Rock aus. Ich streichle zart meine Beine hinauf bis zur Klitoris, umfahre sie vorsichtig. Währenddessen ruht mein Blick auf dem Paar.

Er steigert das Tempo seiner Bewegungen. Ich ertappe mich bei einem leisen Stöhnen. Er tritt einen Schritt zurück und steht einige Sekunden lang vor ihr, ohne etwas zu tun. Sein Schwanz streckt sich ihr entgegen. Sie legt sich rücklings auf den Tisch, winkelt die Unterschenkel an und spreizt die Beine.

Aber noch steht er vor ihr. Sprachlos, er schaut sie nur an. Sie will sich ganz vor ihm auftun, weitet den Winkel ihrer Beine. Sein Blick führt direkt zu ihrer Möse. Ihre warme Öffnung, ihre Schamlippen gleichen Schmetterlingsflügeln. Sie öffnet den Mund, stöhnt. Er dringt stehend in ihre Möse ein.

Sie liegt noch immer auf dem Tisch, ihre Beine auseinandergestellt. Ihren Po hat sie angespannt. Der Mann kreist in ihr. Unterdrückte Hitze, gleich einem Tiger auf Beutejagd. Bald wird er zum Sprung ansetzen. Ich streichle mich ungestümer, will mich ihrem Takt anpassen. Seine kreisenden Bewegungen gehen in zarte Stöße über.

Er nimmt mich, stößt in mich, ich bin weich und rund und genauso reif. Sie stöhnt auf, ich seufze. Er drückt mich mit beiden Händen fest auf die Tischplatte und fährt in mich hinein, steigert das Tempo bis zur Raserei, kleine Schweißperlen auf ihrer Stirn. Er küsst sie, fährt mit der Zungenspitze über meine Lippen und dringt dann mit der ganzen Zunge in meinen Mund ein. Er stößt noch kräftiger zu, will mir den Orgasmus entlocken, meine Wollust steigert sich in ihrer, sein Schwanz bäumt sich noch einmal in einem letzten Stoß auf, dann fließt sein Samen in warmen Schwallen in sie hinein. Wir stöhnen gemeinsam auf. Viel zu laut, aber sie bemerken mich nicht.

Er hält sie fest in den Armen. Minutenlang rühren sie sich nicht. Dann küsst er sie und zieht seinen erschlafften Schwanz aus ihrer Muschi.

Er führt sie aus der Küche heraus. Ihre langen Haare fallen bis auf ihren Po. Sie sieht in meine Richtung, aber die Küche ist stockfinster, sie kann nichts bemerkt haben. Sie lächelt zu mir herüber. Die beiden küssen sich, dann löscht er das Licht. Noch lange starre ich gebannt in die Dunkelheit.

»Lana?« Plötzlich steht Jakob in der Tür. Ich fahre erschrocken hoch. Er knipst das Licht an. Er trägt dunkle Shorts.

»Warum sitzt du hier im Dunkeln?« Seine Stimme klingt sanft.

Ich zucke mit den Schultern. Möglichst gleichgültig. Mein Slip liegt neben mir auf dem PVC-Boden. Jakob tappst zum Wasserhahn. Ich kicke meine Unterhose unauffällig unter das Sideboard. Er füllt einen Becher mit Wasser. »Du auch?«

Ich schüttle den Kopf, starre nur hinaus in die Dunkelheit.

»Was für eine Frau«, sagt er.

»Ja«, flüstere ich mehr zu mir als zu ihm, »was für eine Frau.«

Jakob erwidert nichts. Er verlässt nur schnell die Küche. Ich sammle meinen Slip auf und wanke in mein Zimmer. »Und was für ein Mann«, ergänze ich leise.

*

»Das passt zu dir, Lana«, sagt Carla. »Ein kleines, aber gut gehütetes Geheimnis, ein Theaterstück mit Licht und Schatten, in dem du ganz aufgehen kannst.« Nike füllt Champagner nach.

»Ihr seid wirklich hinreißend.« Tessa lächelt und leert ihr Glas in einem Zug. »Noch eins, bitte. Sonst trinke ich höchstens alle Jubeljahre ein Gläschen Bio-Sherry. Aber mit euch ist das was anderes.«

Nike schenkt ihr nach: »Tessamaus, ich finanzier dir später das Taxi. In diesem Zustand steigst du in keine Straßenbahn mehr.«

»Und du nicht in dein Auto, Nike. Aber jetzt lass uns Lanas zweite Geschichte hören. Ich warte schon drauf«, drängt Carla und Tessa nickt eifrig.

»Euer Wunsch ist mir Befehl.« Lana beginnt zu erzählen.

Lanas zweite Geschichte

Von Prinzessinnen, Engeln und Imperatoren

Es gibt den vorhersehbaren Sex, wenn du dich am Nachmittag an den Mann schmiegst, der deine Welt ausmacht. Die Sonne scheint und ein leichter Wind weht über deinen Rücken. Dann gibt es den Sex, der aus dem Moment geboren wird, einem verzweifelten, in dem du Halt suchst oder einen Neuanfang, wenn dein altes Leben aufbricht und du offener lachst und fremde Menschen mit anderen Augen betrachtest. Schließlich gibt es den Sex, dessen Geheimnis in der Überschreitung deiner bisherigen Grenzen liegt. Und deshalb stehe ich jetzt vor einer schweren Eisentür und umklammere Vincents Hand. Ihr wisst doch, Vincent aus der Schauspielklasse über mir. Einmal – nach dem Sex, nachmittags zwischen zwei Seminaren – habe ich von meinen Nachbarn erzählt. Ja, so eine Geschichte wie die, die ich euch gerade erzählt habe.

»Andere beim Sex beobachten – das kannst du auch ohne Heimlichtuerei haben«, hat er gesagt und seine Hand auf meinen nackten Po gelegt. Den Club hat er beiläufig erwähnt und den Keim einer Möglichkeit gepflanzt. Deshalb stehen wir also um Mitternacht vor dieser Eisentür. Er drückt die runde Klingel.

In unserer Lieblingskneipe hat mir Vincent zwei Gläser Weißwein ausgegeben und mich lange mit einem Ausdruck in den Augen angesehen, den ich danach nie wieder an ihm bemerkt habe. Es lag etwas von Stolz darin, dass seine Freundin so etwas wagt, sich ihm anvertraut und gleichzeitig eine Vorsicht, weil er etwas in mir erkennen konnte, das ihm bisher verschlossen geblieben war.

Im dunklen Ton der Klingel liegt ein letztes Davor. Das Summen der Tür beschließt es. Hier ist es schummriger als in der von Straßenlaternen erleuchteten Nacht. Es riecht nach Räucherstäbchen mit Myrrhearoma.

Hinter der Garderobe steht ein junger muskulöser Mann in roten Boxershorts und einem T-Shirt mit einem Streifen über der Brust, der die Haut durchscheinen lässt. »20 Euro zusammen«, sagt er.

Ich mag seine Stimme, die so alltäglich und routiniert klingt und mir die Sicherheit gibt, die ich jetzt brauche. Es ist ganz normal. Normale Leute, mit einem normalen Leben an einem zugegebenermaßen nicht ganz normalen Ort. »Legen Sie ab, wenn Sie noch etwas ausziehen wollen.«

Ich lächle unbeholfen. »Was tragen die meisten Leute?«, frage ich ihn.

»Das kommt drauf an. Aber da es recht früh ist ...«, er grinst, »sind die meisten leider noch angezogen.«

Bereitwillig gebe ich ihm meinen Mantel, Vincent reicht ihm seine Jacke. Mein Blick schweift im Vorraum umher. Ein roter Samtvorhang vor der Eingangstür, darüber ein Überwachungsbildschirm. So sehen die schon vorher, wer hier rein will. Eine Ikea-Kleiderstange steht neben einem barocken Goldspiegel.

»Komm«, sagt Vincent und nimmt mich bei der Hand.

Wir schieben den Vorhang, der von einem runden Mauerbogen herabhängt, beiseite. Eine Wendeltreppe führt nach oben. Überall Kerzen auf goldenen Haltern und tiefrote Vorhänge. An den Geruch gewöhne ich mich langsam. Pulsierende Musik. Eine lange Theke.

Drei goldfarbene nackte Figuren halten das Glasregal mit den üblichen Flaschen. Zwei weibliche Statuen umstehen eine männliche. Er hat eine durchtrainierte Brust und einen flachen Bauch, die Hände verschwinden hinter seinem Rücken. Sein Schwanz steht, schmiegt sich an seinen Bauch.

Die Frauen gleichen sich beinahe. Sie haben üppige, stehende Brüste, die deshalb künstlich wirken, aber das stört mich nicht. Ihre Bäuche sind weich und ihre Hüften ausgeprägt. Eine hält die Beine geschlossen und die Hände hinterm Rücken verborgen, während die andere lustvoll ihren Kopf in den Nacken wirft und ein Bein anwinkelt. Sie hat den Mund leicht geöffnet, stöhnt.

»Willst du was trinken?«, fragt Vincent. Ich nicke, sage nur »Weißwein, trocken« und lasse ihn bestellen. Wir setzen uns auf die Barhocker. Ich lege einen Unterarm auf den Tresen. Erst mal ankommen. Große Spiegelflächen sind an der Wandseite der Bar eingelassen.

Ein wenig originelles, aber übergroßes Gemälde einer Orgie hängt über der Spiegelfront. Ein wimmelnder Ameisenhaufen in Rot gehalten. Kopulierende Paare in der Missionars- und Reiterstellung, Frauen und Männer lutschen Schwänze, kräftige Männer nehmen androgyne Geschlechtsgenossen und pralle Frauen von hinten.

Vincent gibt mir Feuer. Ich drehe mich auf dem Hocker zur Mitte des Raumes. Die weiträumige Tanzfläche ist fast leer. Einzig ein seltsamer Zeitgenosse im Kaiser-Nero-Kostüm versucht sich an der Tanzstange auf dem Podest. Er trägt eine Toga und einen Purpurumhang. Auf seinem Kopf hat er einen Lorbeerkranz befestigt. Ich muss kichern.

»In welchem Fundus hat er das wohl erstanden?«

Vince prustet in sein Glas.

Zwei schwarze Betten mit Lederpolsterung stehen rechts und links vom Tanzbereich. Auf einem davon liegt ein Paar, fest umschlungen. Er ist nackt. Der fließende Stoff ihres Rockes fällt in Falten um ihren Po, ein roter Spitzen-BH bedeckt ihren Busen. Ihr linkes Bein hat sie auf seine Hüfte gelegt, so dass ihr nackter Po während ihrer kreisenden Bewegungen hervorblitzt.

Gleich daneben sitzt eine Frau in weißer Spitzenwäsche und Strapsen auf einer schwarzen Lederschaukel.

Ich trage mein Charlestonkleid, das ich auf einem Flohmarkt erstanden habe und dazu eine lange Perlenkette, mit der meine Finger gerade spielen. Ihre schwarzen Haare reichen ihr bis zum Kinn. Sie streckt ihre Beine durch, wenn es in die Höhe geht. Ich ziehe an meiner Zigarette, will meinen Blick aber nicht von ihr abwenden.

Die Schaukel und die Frau darauf mit dem viel zu akkuraten Haarschnitt, der sich jetzt im Luftzug ein wenig hebt und senkt, ihre unschuldige Wäsche, das alles ergibt kein einfaches Bild. Ist sie Vorstandssekretärin oder arbeitet sie bei einer Flirtline, hat sie eine Freundin, der sie all ihre erotischen Abenteuer anvertraut, oder erzählt sie niemandem davon, trinkt sie Tee oder Kaffee, riecht sie schwer und süß oder wie das Gras im Sommer? Als sie meinen Blick bemerkt, lächelt sie verhalten.

»Na, wie ist es?«, flüstert Vincent. Ich erwidere nichts, greife nur nach seiner Hand und frage: »Wollen wir uns nicht umschauen?« Er nickt. Ich leere das Weinglas.

Bevor wir in einem neonbeleuchteten Nebenzimmer verschwinden, werfe ich der Unbekannten einen letzten Blick zu.

»Na, wäre das nichts für dich?«

»Unter Umständen«, scherze ich, bis ich bemerke, dass Vince auf ein Andreaskreuz deutet und mich herausfordernd angrinst.

»Das hättest du wohl gerne«, füge ich schnell hinzu. Meine Stimme überschlägt sich leicht. »Es ist so grell hier drin. Komm lieber raus.«

»Aber da geht's doch noch weiter«, drängt er und zieht mich mit sich. Auch das Nachbarzimmer ist hell erleuchtet. Eine Latexmatte an vier Ketten aufgehängt. »Das ist also ein Sling.«

»Aha«, erwidere ich.

»Für die Doms und ihre Subs«, doziert Vince und zeigt auf die in der Wand verankerten Vorrichtungen. Ich ziehe die Augenbrauen nach oben.

»Ach Lana, es ist schön zu sehen, dass du auch mal in die Bredouille gerätst.«

Ich kneife ihn in die Seite. Er schreit kurz auf. »Hey ... Dom steht übrigens für die dominanten Herren oder Herrinnen und die Subs sind ihre unterwürfigen Gespielinnen ...«

»Oder Gespielen«, ergänze ich und ziehe ihn raus aus der Folterkammer, zurück in den großen Saal, der sich immer mehr füllt. Ein Mann in schwarzer Hose mit muskulösem Oberkörper dreht uns seinen Hocker entgegen. Seine weiße venezianische Maske starrt mich an. Ich suche die Frau auf der Schaukel, kann sie aber nirgends entdecken. Auf der Tanzfläche drücken wir uns an einer kleinen Molligen in schwarzen Netzstrümpfen vorbei. Sie hält ihre Augen geschlossen und wiegt sich im Rhythmus der Musik. Weiter.

Vorüber an einem Mann, dessen Rücken mit vier chinesischen Zeichen tätowiert ist. Zwei an den Schultern, zwei parallel dazu am unteren Rücken. Er versucht sich unauffällig einer Blonden mit einer durchsichtigen Seidenbluse zu nähern. Ihre straffen Brüste schimmern unter dem roten Stoff. Sie trägt keinen BH.

Geradeaus geht es zu den Toiletten; rechts zu einem Whirlpool und den Duschen. In silbernen Leuchtern flackern Kerzen. Es riecht nach Chlor. Linker Hand ein Arztzimmer. Eine Wand aus Glasbausteinen, rote Kreuze auf weiß gefliesten Kacheln.

Auf einem geräumigen, roten Lederbett sitzt eine Frau im Evakostüm auf einem nackten Dunkelhäutigen, der mich an diesen Brasilianer erinnert, den ich mal in einer Bar in Kreuzberg kennengelernt habe.

Zwei Nachttische mit Kondomschalen, Kerzen und einer Packung Wisch-und-weg-Tüchern. Passend zum Thema ein roter Gynäkologenstuhl, aber das verdränge ich. Sie reitet mit kreisenden Hüftbewegungen auf ihm, stöhnt leise auf. Wir bleiben stehen.

Der Mann wendet uns sein Gesicht zu, flüstert seiner Gespielin etwas ins Ohr. Sie hält inne, dreht den Kopf. Schließlich nickt sie uns zu. Meine Wangen glühen, ich greife nach Vincents Hand. Die fühlt sich feucht an. Die Frau auf dem Bett löst sich von ihrem Lover. Sein Schwanz steht noch.

Er ist trainiert, aber nicht zu muskulös. Im Licht der Kerzen schimmert seine Haut bronzefarben. Er lacht uns zu, deutet auf das Bett.

»Möchtest du?«, fragt mich Vincent.

Ich zögere, nicke dann. Langsam gehen wir auf die beiden zu, bleiben vor dem Bett stehen.

»Setzt euch«, sagt der Fremde. Seine Stimme umschmeichelt uns.

Wir platzieren uns auf dem äußersten Rand.

Er lächelt breit und greift dann wieder nach der Frau. Sie hat ein Mädchengesicht mit großen dunklen Augen, eine kleine, schlanke Figur und wohlgeformte Busen und Hüften. Ihre dunkelblonden Zöpfe fallen über ihre Schultern. Nur ein schmaler brauner Streifen ziert ihre helle Scham.

Brazilian cut, höre ich Vince, aber der sagt gerade überhaupt nichts, nur sein Atem geht schnell, sein Mund steht leicht offen.

Sie kniet auf allen vieren, er stößt mit dosierter Kraft von hinten zu. Dabei zieht er seinen Schwanz fast ganz aus ihr heraus, um dann wieder gänzlich in sie einzutauchen. Jedes Mal stöhnt sie leise auf. Die Frequenz seines Atems erhöht sich, er wird ungestümer. Um nicht zu kommen, zieht er seinen Ständer heraus, wartet, bis sein Atem sich beruhigt.

Sie hat Blickkontakt zu Vince aufgenommen. Auf allen vieren kriecht die Kleine auf ihn zu. Ein Hauch von Melonenduft. Porzellanhaut.

Sie bemerkt meinen Blick, dreht sich mir zu, streicht über meinen Rücken, öffnet den Reißverschluss meines Kleides. Ganz dicht sitzt sie neben mir. Ich kann ihre Brüste fühlen. Sie fährt mit den Fingerspitzen über meinen tiefen Ausschnitt, ein warmer Schauer, hilft mir aus dem Kleid. Meine Brüste sind kleiner als ihre. Sie duftet nach Melone, Melone und ... Sie drückt mich sanft aufs Bett, ich spüre ihre Körperwärme, während er die Schnallen meiner Pumps öffnet.

Was passiert mit mir? Noch kann ich einfach gehen. Sie aber fährt sacht mit ihrer Zunge meine Lippen nach, presst ihren Körper an meinen. Vince sieht uns zu.

Erst schlüpft er aus seinen Schuhen, dann aus Hose, Calvin-Klein-Unterhose und T-Shirt. Ich trage nur noch schwarze halterlose Strümpfe, einen Spitzenstring und den passenden BH. Sie löst ihn geschickt.

Dann wendet sie sich Vincent zu, der jetzt auf dem Bett neben uns liegt, setzt sich auf ihn, während der andere mit einer Hand meine Brust umfasst und mit der anderen meine Spalte entlangfährt.

Rauf und runter, erst langsam, dann steigert er das Tempo. Sein Schwanz zuckt dabei. Die Kleine kniet über Vince und liebkost mit ihrer Zunge seine Eichel. Dazwischen legt sie kurze Pausen ein, um seine Lust zu steigern. Ihre Sicherheit gefällt mir.

Der Fremde küsst mich, umkreist zuerst meine Zungenspitze, fährt die Ränder entlang, saugt. Meine Beine werden schwerer, die Gedanken leiser. Er drückt sein Gewicht auf mich. Ohne Hast zieht er meinen String bis zu den Unterschenkeln.

Er streift sich ein Kondom über und dringt behutsam in mich ein. Ich bin eng und feucht. Sein Schwanz ist länger und dicker als Vincents. Er verharrt einige Sekunden in mir, ohne sich zu bewegen, stößt dann sanft in mich hinein. Ich umschließe ihn fest, während er es mir – wie vorhin der Kleinen – besorgt. Nur, dass er auf mir liegt.

Er zieht seinen Schwanz fast ganz aus meiner Möse, um dann umso heftiger zuzustoßen. Meine Muschi pulsiert gegen seinen Ständer. Sein Schwanz fährt tief in mich hinein, Hitze steigt von meiner Möse in meine Oberschenkel.

Er zieht seinen Ständer heraus, kniet vor mir, nimmt meinen Po und hebt ihn an. Einige Atemzüge lässt er mich warten. Dann dringt er mit einem Stoß ein. Ich schreie auf. Er bleibt in mir, bewegt sich kreisend. Seine Lust entlockt mir kaum hörbare spitze Töne. Mit der Hand stimuliert er meinen Kitzler.

Er sieht mich an, versenkt sich in mir, wirft hin und wieder einen Blick auf Vince und die Kleine, stößt begierig weiter.

Mit meinen Beinen umklammere ich seine Hüften, lasse ihn nicht mehr entgleiten. Unsere Zungen umschlingen sich in einem tiefen Kuss. Seine Wärme breitet sich wie aufsteigende Wellen in mir aus. Mit jedem seiner Stöße bringt er uns dem Höhepunkt näher. Ich bebe, zittere, er hält sich zurück, bis er spürt, dass es mir gleich kommt. Da legt er noch mal an Tempo zu, erjagt meinen Orgasmus, immer fester – ein gemeinsamer Schrei, dann Stille. Er bleibt noch ein Weilchen in mir liegen. Ich halte die Augen geschlossen, schwebe.

Als ich aber Vincents warmen Atem neben mir spüre, öffne ich die Augen. Er reitet die Kleine, die ihn in regelmäßigen Abständen anfeuert, »jahahaaa« oder »du bist wunderbaaar« flüstert.

Ihre Worte wirken wie Aphrodisiaka, er wird wilder, hält sie an den Schultern und gleitet tief in sie hinein. Sein Gesicht verzerrt sich beim Höhepunkt. Unser Schlafzimmersex sieht anders aus.

Ich spüre einen kleinen Stich in der Brust. Der Dunkelhäutige zieht seinen Schwanz aus mir heraus, küsst mich auf die Stirn; er lächelt, legt sich neben mich und schließt die Augen. Ich greife seine Hand und fühle nur noch die Schwere meiner Beine.

Irgendwann löse ich mich von ihm, ziehe String, BH und Schuhe wieder an, werfe noch einen Blick auf Vince, der schon wieder bei der Sache ist und mich gar nicht bemerkt.

Erhitzt schlängele ich mich durch die tanzende Menge. Was zu trinken wäre jetzt nicht schlecht, aber Vince hat unser Geld bei sich und ich will nicht zurück.

Auf der anderen Seite führt eine Treppe zur Empore. Von dort ist das Treiben sicher gut zu überblicken. Ich steige die Stufen nach oben. Auf der Spielwiese in der Mitte des Raumes ist die Party in vollem Gange. Zwei junge, androgyne Männer lutschen einander die Schwänze.

Ein älterer, aber recht attraktiver Mann um die fünfzig kniet über einer sehr runden, unter ihm liegenden Frau und hat seinen Ständer in ihrem Mund vergraben, während er einer Jüngeren, die vor ihm steht, die Möse leckt.

Zwei reife Frauen halten sich an der Hand und lassen sich abwechselnd von einem Mann mit einem Vibrator befriedigen. Ich drücke mich am Geländer entlang und schaue über die Brüstung.

Schwebende Klänge übertönen das Stimmengewirr. Auf einer großen Leinwand gegenüber läuft ein Porno. Der Ton ist abgestellt. Ein Dolly-Buster-Verschnitt mit aufgespritzten Lippen reibt einen riesigen Schwanz zwischen ihren Titten. Den Mund hat sie geöffnet, den Kopf in den Nacken gelegt. Platinblonde glatte Haare fallen über ihre Schultern.

Vielleicht sollte ich Vince suchen und mit ihm nach Hause gehen. Mein Kopf schwirrt. An der Bar sind alle Plätze belegt. Vincent ist nicht auszumachen. Der müsste doch langsam mal fertig sein.

Stattdessen entdecke ich den Mann mit der venezianischen Maske. Ob der die ganze Zeit hier gesessen hat? Er unterhält sich mit der Frau von vorhin auf der Schaukel. Sie hat eine Hand auf sein Knie gelegt und nickt. Ihre Beine – in den weißen Spitzenstrümpfen – hat sie übereinandergeschlagen, sie nippt an ihrer Sektflöte.

Jetzt hat sie mich bemerkt. Er folgt ihrem Blick. Ich lächele ihr zaghaft zu, sie erwidert es, nimmt kurz entschlossen den

Venezianer an der Hand und läuft über die Tanzfläche zur Treppe.

Ich umklammere das Geländer. Vincent ist immer noch nicht zu sehen. Jetzt kommen sie die Treppe hoch auf mich zu.

»Hallo«, sagt sie.

Ihre Stimme klingt warm und rauchig.

»Hallo«, erwidere ich leise.

Der Venezianer schweigt. Einige Sekunden verharren wir wortlos. Ich lege meine Arme auf das Geländer, wippe leicht im Takt der Musik. Sie steht neben mir, der Maskierte hat einen Arm um ihre Hüften gelegt. Ein Hauch Vanille umgibt sie. Süß, aber nicht schwer.

»Trinkst du lieber Kaffee oder Tee?« Die Frage hat sich selbstständig gemacht, ist über mich hinweggepurzelt und hängt jetzt deplatziert im Raum. Wenigstens unverfänglich.

»Ich«, sie stockt kurz, »trinke beides. Milchkaffee oder um diese Jahreszeit Roibusch am liebsten mit Zimt, wenn es kalt wird.«

»Zimt betört die Sinne«, erwidere ich leise und lasse meine Stimme einen Ton tiefer klingen. Sie sieht mich an, streckt mir ihr Handgelenk entgegen.

»Vanille. Wirkt ebenso aphrodisierend.« Sie flüstert die Worte, aber sie steht dicht neben mir. Der Venezianer wird sie nicht verstanden haben.

»Ist er dein Freund?«, wispere ich zurück.

Sie schüttelt den Kopf. »Ich weiß ja nicht mal, wer er ist. Aber seine Stimme ...« Sie lächelt ihm zu. »Berauschend.« Seine Hand gleitet ihren Oberschenkel hinauf.

»Kommst du mit? Wir wollen es uns bequem machen«, sagt der Maskierte und deutet auf ein Pariser Bett mit Vorhängen, das in einem Winkel des Raumes steht. Er klingt tief und warm, seine Aussprache ist so klar wie die eines Schauspielers.

»Die kann man ganz schließen«, sagt sie und lächelt. Kleine Grübchen graben sich in ihre Wangen. Ihre Augen leuchten hell.

»Bist du am Theater?«, frage ich ihn, aber er hat sich über sie gebeugt und küsst sie zärtlich.

»Kommst du mit?«, raunt sie mir zu. Noch einmal wandert mein Blick über die Tanzfläche, die Bar entlang. Vince ist noch immer nicht zu sehen und die Schöne hält meine Hand.

»Ich wäre gern mit dir allein«, raune ich zurück. Anstatt einer Antwort streicht sie mir sanft über den Rücken.

»Hast du eine Idee, wie wir ihn auf andere Gedanken bringen können?«, fragt sie leise und lehnt ihren Kopf an meine Schulter.

»Magst du Doktorspiele?«, frage ich ihn.

Er nickt. Ein breites Grinsen zeichnet sich auf seinen Lippen ab. Richtig getippt.

»Dann«, schlage ich vor, »gehst du am besten in das Arztzimmer. Da ist mein Freund – er heißt Vincent – mit einem Mädchen beschäftigt. Sie wird dir gefallen. Bestell ihm einen Gruß von mir und sag ihm, ich schicke dich als Ablösung. Da steht auch ein Gynäkologenstuhl. Das Mädchen wirkt ziemlich offen. Vielleicht lässt sie sich von dir untersuchen.«

Er zuckt mit den Schultern. »Ihr wollt doch nur allein sein«, erwidert er und greift der Schönen an den Apfelpo.

»Sag Vince bitte, ich erwarte ihn in zwei Stunden an der Garderobe …«

Der Venezianer macht keine Anstalten zu gehen.

»Das Mädchen im Arztzimmer ist sehr aktiv. Vorhin hat sie es einem Dunkelhäutigen besorgt.«

Er versteht. Ganz Gentleman küsst er uns beiden die Hand, dreht sich um und geht.

»Zwei Stunden?«, fragt sie, zieht mich mit sich auf das französische Bett und schließt die Vorhänge. Wir schlüpfen aus unseren Schuhen. Die laute Musik dringt noch zu uns vor, aber die Gäste werden zu Schatten, die vor der Gardine entlanggehen.

Wir sitzen uns gegenüber. Sie streicht meine Haare aus meinem Gesicht, küsst meine Wangen, meine Stirn, meine Nasenspitze, dann vorsichtig meinen Mund.

Unsere Lippen liegen sacht aufeinander, unsere Zungen umspielen sich. Ich umarme ihre schmalen Mädchenschultern. Fast wie meine.

Ihre zarte Frauenhaut, glatt und eben. Keine Schranken zwischen uns. Vanilleduft auf ihrem Dekolleté, das ich mit Küssen bedecke.

Sie wirkt vertraut, ich kenne die geheimen Stellen, meine Wünsche, ihre Sehnsüchte. Es bedarf keiner Worte. Blind streichle ich die Spitze ihres BHs, ertaste ihre Nippel, bevor ich die Haken löse.

Ihre Brüste sind mittelgroß und rund, mit braunem Vorhof um die Knospen. Sie streichelt mit den Fingerkuppen meinen Rücken entlang, immer wieder, löst wie zufällig meinen BH und spielt mit der Zunge an meiner Brustwarze. So leicht und zart.

Jeder Kuss, jede Berührung durchzuckt mich wie kleinste Stromschläge. Meine Glieder werden schwer, ihr Duft hüllt mich ein. Ihre zierlichen Hände streifen meinen String ab. Dann steigt sie aus ihrem.

»Du bist wunderschön«, sagt sie.

»Und du …«, murmele ich, »bist wie Morgentau auf frischem Gras.« Sie lächelt, bedeckt meinen Bauch mit Küssen, fährt mit den Fingernägeln meine Schenkel hinauf, ganz zart die Innenseiten, bis zu meiner Möse. Vorsichtig zeichnet sie meine Schamlippen nach.

Sie lässt sich Zeit. Längst möchte ich mich ihr ganz hingeben, da beugt sie sich über meine rasierte Muschi und umfährt meinen Kitzler. Sie lässt mich warten, bis sie ihn doch mit zarten Zungenschlägen stimuliert.

Sie dreht sich, schmiegt sich so an mich, dass auch ich sie mit der Zunge verwöhnen kann. Ihre schwarzen Haare kräuseln sich um ihren Venushügel. Mit zwei Fingern lege ich ihren Kitzler frei, um an ihm zu saugen. Ihre Säfte schmecken süß, kein Bitterstoff bleibt auf der Zunge zurück.

Meine Lust steigert sich, ich fiebere ihr entgegen. Mit einem Finger dringe ich in sie ein. Spüre, wie sich ihr Atem steigert, spüre, wie ich mehr will von ihr, mehr als ihre Zunge oder ihre Finger, die sich in meiner Möse vergraben haben und sacht in mich stoßen. Mein Stöhnen schwillt an, meine kreisenden Hüftbewegungen werden fordernd.

»Langsam«, flüstert sie und legt sich auf mich.

Presst ihren Kitzler an meinen und erforscht den gemeinsamen Takt. Wir versenken uns in einem langen Kuss, erhöhen nur zögernd das Tempo, reizen die Lust bis an ihre Grenze.

Sie küsst mein Ohr, ihr warmer Atem, der bis in alle Glieder dringt und mich gefügig macht, ganz ihr ergeben. Ich höre nur noch ihren Atem, fühle ihre Hitze auf meinem Körper. Wir schwitzen, Kondenswasser auf unseren Bäuchen.

Sie stützt sich auf dem Bett ab, ihre Knospen sind steif, kleine Schweißperlen haben sich zwischen ihren Brüsten gebildet und rinnen auf ihren und meinen Bauch hinab. Sie stöhnt jetzt lauter, unsere Kitzler berühren sich. Heiß pocht es zwischen meinen Schenkeln.

Nach langem intensiven Reiben kommt es uns beiden fast gleichzeitig mit einem heftigen Seufzer. Sie legt sich neben mich. Ich kuschele mich an sie, lege meinen Kopf an ihre Schultern.

»Mein Mädchen«, sagt sie und lächelt. Wieder zeigen sich die kleinen Grübchen auf ihren Wangen. »Meine Geliebte«, flüstere ich.

So liegen wir lange. Ich möchte es nicht enden lassen, nie wieder aufstehen. Nach einer kleinen Ewigkeit erhebt sie sich, zieht ihren String und ihren BH wieder an. Bevor sie in ihre Schuhe schlüpft, küsst sie mich noch mal innig und sagt: »Ich hinterlege dir meine Telefonnummer an der Garderobe. Ruf mich an, ja?«

»Unbedingt«, bestätige ich ihr. »Ich heiße Lana.«

»Lana und Mo«, murmelt sie. »Bis bald, mein Engel.«

Sie zieht den Vorhang hinter sich zu. Ich schwebe noch immer, bleibe einfach liegen. Meine Hände beben. Sie riechen nach ihr. Die Zeit rinnt viel zu schnell. Als ich auf meine Uhr sehe, sind zwei Stunden längst vergangen.

Wie in Zeitlupe ziehe ich mich an, öffne die Vorhänge. Draußen nimmt keiner Notiz von mir.

Die Musik hämmert ihren Takt, während ich mit zitternden Beinen aufstehe. Mo ist nicht zu sehen. Weder auf der Schaukel noch an der Bar. Betäubt wabere ich durch die Menge auf der Tanzfläche. Mein Blick sondiert die Umgebung nach ihr. Noch immer habe ich ihren Duft in der Nase.

Im Arztzimmer klaube ich mein Charlestonkleid auf, entdecke dort doch tatsächlich den Venezianer mit dem bezopften Mädchen auf dem roten Gynäkologenstuhl, während er es ihr besorgt. Bei dem Gedanken, dass ich sie zusammengeführt habe, muss ich kichern. Aber die beiden bemerken mich nicht.

An der Garderobe bekomme ich auf Nachfrage zwei Zettel. Auf Vincents steht nur: »Komm doch noch zu mir.«

Auf dem anderen in roter Schrift: »Manche Prinzessinnen sind Engel, Kuss Mo.« Darunter ihre Telefonnummer.

An diesem Abend fahre ich nicht mehr zu Vince. Ich lege mich in mein Himmelbett und sehe zu, wie der Morgen anbricht, genieße die Stille, die nur von der Müllabfuhr unterbrochen wird. Männerstimmen dringen zu mir hoch. Glas scheppert.

Da stehe ich auf, rufe Vince an, sage »Guten Morgen« und »ich hab kaum geschlafen, aber ich bringe gleich Brötchen mit«. Beim Bäcker steht ein Mann mit fettigen Haaren vor mir in der Schlange, einer von den jungen Hipstern dreht sich nach mir um, und eine zeternde Oma kauft die *Bildzeitung*.

Eine Fahrradfahrerin überfährt mich fast und zeigt mir einen Vogel, die Autos düsen die Straße entlang, in der U-Bahn preist ein Penner wie ein Angestellter im Call-Center die »Motz« an.

Ich muss lachen. Die Welt ist die gleiche geblieben. Nichts hat sich verändert, auch Vince nicht, der mir verschlafen entgegentaumelt, mich lange festhält und küsst.

Ich lege die Croissants auf den Tisch. Es riecht nach Kaffee.

*

»Na du traust dich ja was«, kichert Carla. Ihre Wangen glänzen rot. Einige Teelichter sind abgebrannt. Nike tauscht sie gegen neue aus und entzündet sie.

»Alter Schwede, so was glaub ich nicht«, wirft Tessa ein. »Die Voyeursgeschichte passt viel besser zu Lana als die Clubstory. Die hast du bestimmt irgendwo aufgeschnappt.«

»Ja klar«, erinnert sich Carla, »gab es in Augsburg nicht diesen Skandal um eine Aufführung, wie hieß das Stück noch?«

Lana grinst und hält Nike ihr leeres Glas entgegen. »Gibst du mir bitte noch einen Schluck?« Nike greift nach der Flasche, setzt sich neben Lana und schenkt ihr ein.

»Das verwechselt ihr. Augsburg und Skandal, da würde der Intendant in die Luft gehen.« Während Lana spricht, legt sie eine Hand auf Nikes Unterarm. »Jetzt bist du dran«, sagt sie. »Was sind deine geheimsten Geheimnisse, Liebes?«

Nike zieht ihren Arm nicht zurück, betrachtet Lana im Profil. Ihre runden Augen, ihre Sommersprossen, ihre weichen Züge, die das Kerzenlicht nur noch herausstellt.

»Meine Güte, ich muss wirklich betrunken sein«, sagt Nike. Lanas Blick gleitet über die flackernden Lichter.

»Ich meine, ich kann es nicht fassen, dass ich hierbei mitmache. Betrachtet mich als volltrunken und unberechenbar.« Nike spricht zu allen, aber sie sieht nur Lana an.

»Jetzt mach es nicht so spannend«, ereifert sich Carla. Sie schiebt sich eine Traube in den Mund. Lana wendet ihr Gesicht Nike zu, streichelt den Stoff ihrer Bluse. »Wir plaudern nicht. Niemand erfährt etwas. Schon gar nicht Christian.«

Tessa und Carla nicken. »Du kennst uns doch«, bekräftigen die beiden.

Nike sieht sie an, dann lächelt sie. »Na gut. Ich sag es einfach. Ich habe noch nie jemandem davon erzählt. Das ist wie früher in der Pubertät. Ich hab ganz heiße Wangen.« Nike holt Luft. »Ich stehe auf BDSM.«

Tessa hört auf, ihr Dinkelbaguette mit Mozzarella und Basilikum zu kauen. Carla schluckt hörbar ihren Champagner. Lana streichelt weiter über Nikes Unterarm.

»Nun sagt doch etwas«, murmelt Nike. »Ich komme mir schon komisch vor.«

Tessa löst die Spannung. »Also, ich will mich ja nicht als Esel outen, aber was ist BDSM?«

»BDSM ist zusammengesetzt aus den Anfangsbuchstaben von Bondage, Discipline, Dominance und Submission, Sadism and Masochism, also mit anderen Worten, es geht um Fesselspiele, um Disziplin, Dominanz und Unterwerfung, SM eben«, erklärt Carla in einem Atemzug.

»Na, du kennst dich aber aus in der Szene!«, neckt Lana.

»Aber nicht so, wie ihr denkt. Nein, ich habe mich mal für ein Referat mit diesem Thema auseinandergesetzt.«

»Na dann«, witzelt Lana.

Nike sieht an allen vorbei. Lana streicht ihr zart über die Schulter. Dann sagt sie: »Hey, niemand findet dich seltsam.« Die anderen nicken.

»Also ich«, fährt Lana fort, »finde es richtig spannend, dich von einer anderen Seite kennenzulernen.«

»Wisst ihr«, sagt Nike, »ich möchte mich einfach fallenlassen, mich einem Mann ganz überantworten, jede Kontrolle, jede Sicherheit aufgeben. Einmal die Zügel aus der Hand nehmen lassen. Könnt ihr das verstehen?«

Carla nickt. »Aber wie soll das nun aussehen? Hast du so etwas schon mal erlebt? Und Christian?«

Nike atmet tief durch und leert ihr Glas in einem Zug.

»Also gut, hört genau zu, denn heute Abend wird es das erste und auch das letzte Mal sein, dass ich von diesen Dingen erzähle.«

»Wir lauschen«, flüstert Lana und streckt sich auf der Decke aus. Ihren Kopf bettet sie auf Nikes Bein, während sie die Sterne betrachtet.

Tessa hat sich eine Strickjacke übergeworfen. Nur die Teelichter und die heraufglimmende Beleuchtung der großen Stadt unter ihnen erhellen die Finsternis auf der Lichtung. Die Picknickvorräte sind fast abgeerntet. Ein paar Flaschen Rotwein stehen noch ungeöffnet auf der Decke.

Nikes erste Geschichte

Kir Royal

Christian muss für ein Wochenende zu einer Fortbildung nach Karlsruhe. »Zahnbleaching«, sagt er. »Damit kann ich meinen Gewinn steigern.« Ich lächle scheinbar betroffen und weiß: Diese Gelegenheit nutze ich.

»Lässt du mich schon wieder allein?«

»Wenn ich das Bleaching beherrsche, schenke ich dir so viele Behandlungen, wie du wünschst.«

»Was soll ich denn das ganze Wochenende ohne dich machen?« Ich bin unerbittlich. Er muss sich in Sicherheit wiegen.

»Triff dich mit Carla oder geh einkaufen. Gönn dir mal was. Wellness, vielleicht? In dem kürzlich eröffneten Spa in der Südstadt? Nimm dir einfach eine meiner Kreditkarten.«

Bevor er fährt, blase ich ihm einen. Darauf steht er. Im wahrsten Sinne des Wortes. Christian denkt, ich mache es aus Liebe. Aber weit gefehlt. Ich muss mein schlechtes Gewissen beruhigen. Seinen Spaß gegen meinen. Es ist ein Pakt mit mir selbst. Er wird es nie mitbekommen.

Der Sex mit Christian hat in den sechs Jahren unseres Zusammenseins kaum Variationen erlebt. Er ist zärtlich und liebevoll. Großzügig obendrein. Und er achtet auf sein Äußeres. Ihr kennt ihn ja, meinen Anzugträger.

Und meine Eltern lieben ihn. Die Hochzeit ist eine ausgemachte Sache. Sie verhandeln schon über die Gästeliste. Wir passen gut zueinander, haben die gleichen Ziele. Beide wollen wir es beruflich zu etwas bringen. Wir reisen für unser Leben gern. Wo wir nicht schon überall waren: auf Bali und den Seychellen, in Thailand – da gibt es Traumstrände –, in New York, Hongkong, London, Paris und Rom. Shoppingparadiese.

Christian begleitet mich von einem Designerladen in den nächsten. Ohne zu murren. Abends gibt es ein Candlelightdinner oder einen Opernbesuch. Intellektuell ist er mir überlegen. Das gelingt so schnell keinem anderen. Es gibt keinen Grund, mich zu trennen.

Nur sexuell langweile ich mich. Wenn wir es im Monat auf zweimal Sex bringen, ist das viel. Der übliche Blümchensex in der Missionarsstellung. Ich mache es mit, ich kenne Christian so gut. Ich will ihn nicht kritisieren. Das würde ihn nur unnötig verletzen.

Bevor ich ihn heirate, trau ich mich. Das habe ich mir geschworen. Ich will nicht zur frustrierten Ehefrau werden. Einmal muss ich meine Sehnsüchte wahr machen. Einmal in eine andere Welt abtauchen, einmal eine andere sein.

Das geht konform mit meinem Gewissen. Ich spreche mit niemandem über mein Vorhaben. Meine Internetrecherche verspricht mir eine noble SM-Adresse in Hamburg. Ein Zimmer in der Hansestadt ist leicht zu bekommen. Am Samstagmorgen steige ich in mein Cabrio.

Ich trage mein weißes Sommerkleid und eine schmale Goldkette. Understatement. Ich will niemandem im Gedächtnis bleiben. Die Luft ist aufgeladen. Der Nachrichtensprecher kündigt für die Nacht Unwetter an. Aber noch singen die Vögel, der Himmel ist wolkenlos.

Ich lege Aretha Franklin in den CD-Player und lausche ihrer Soulstimme, die mich immer berührt. Felder, Wiesen und Wald ziehen an mir vorüber. Dann: zwanzig Minuten Stau.

Ein langhaariger Jeansträger pfeift aus einem alten VW hinter mir her. Ich verziehe keine Miene, schalte die CD lauter. Als sich der Stau auflöst, drücke ich aufs Gas und lasse ihn hinter mir.

In der Alsterstadt angekommen, stelle ich das Cabrio auf einem Parkplatz beim Hauptbahnhof ab. Ich kenne die besten Adressen, Gucci, Prada, alles um die Binnenalster gelegen. Aber diesmal gibt es kein Arkadenshopping. Vom Bahnhof aus gehe ich in die andere Richtung, die Lange Reihe herunter, durch das Schwulenviertel St. Georg. Hierher habe ich mich sonst nie verirrt.

Ein indischer Supermarkt neben einem Asiashop, Wasserpfeifenläden, dazwischen Cafés und Kneipen mit der Regenbogenfahne an der Tür. Auf einem großen Platz lungern Junkies.

Ich beeile mich, vorbei an einem Kräuter- und Teeladen und einer Buchhandlung für Homo- und Bisexuelle. Endlich finde ich meine Adresse.

Der Geruch von Räucherstäbchen drängt sich auf. In den Laden fällt kaum Tageslicht, schummrige Beleuchtung. Meine Güte, Carla, wir sehr hab ich mir dich an meiner Seite gewünscht.

Der Verkäufer schaut kaum auf. Er grummelt ein »Hallo« und vertieft sich dann wieder in seine Zeitschrift. Gut so. Keiner außer mir ist um diese Uhrzeit im Laden.

In der Umkleide schlüpfe ich in ein schwarzes Lackkorsett mit Strapsen. Größe 36 passt wie angegossen. Die vielen Diäten und OPs haben sich gelohnt.

Der Kontrast zwischen meiner hellen Haut und dem schwarzen Lack gefällt mir. Sogar meine Stupsnase passt ins Bild. Meine zerbrechlichen Seiten kommen so zur Geltung und schaffen eine Ambivalenz zum Outfit, die interessant macht. So kann ich mich sehen lassen. Ein schwarzes Halsband dazu, schlicht, ohne Noppen, kombiniert mit der schwarzen Armani-Stola. Die ist im Koffer, genau wie die halterlosen Strümpfe, die High Heels und mein Parfüm. Ich bezahle, ohne dem Verkäufer in die Augen zu sehen. Der nimmt kaum Notiz von mir. 200 Euro insgesamt, ein Schnäppchen.

Dann fahre ich auf geradem Wege zum Hotel, nehme eine kalte Dusche und wasche mir die Sommerhitze vom Körper. Rasiere mir die Achseln, die Beine und die Scham, creme mich ein, föne die Haare und stelle den Wecker auf 22 Uhr.

Ich wälze mich hin und her, schlafe aber irgendwann doch ein. Im Traum sitze ich in einem Café und telefoniere mit Lana. Sie lacht und erzählt von ihrem neuen Freund.

Aber ich kann mich nicht auf sie konzentrieren. Ich spüre die Bewegungen einer Riesenschlange hinter der Wand, an die ich mich lehne. Lana ruft: »Bist du noch dran?« Aber ich kann nicht mehr sprechen. Da passiert es. Die Schlange durchbricht das Gemäuer. Langsam kriecht sie auf mich zu. Sie berührt meine Beine. Panik steigt in mir auf, obgleich sich die Schlange unerwartet gut anfühlt.

Warm und weich gleitet sie meine Beine hinauf, will zwischen meine Schenkel. Sie züngelt und zischt. Mein Herz klopft bis zum Hals, ich wage mich nicht zu bewegen. Und obwohl ich die Schlange weit weg wünsche, hinterlässt sie doch ein angenehmes Gefühl auf meiner Haut und verleiht mir Kraft.

Der Weckton reißt mich aus meinem Traum. Ich strecke mich, versuche die Bilder abzustreifen, zähle bis drei und setze mich auf. Verschlafen torkle ich ins Marmorbadezimmer, kämme die Haare und ziehe sie dann über einen Lockenstab, bis sie Volumen bekommen.

Ich putze die Zähne. Mit einem Concealer decke ich mögliche Schatten unter meinen Augen ab, grundiere die Haut mit einem sehr hellen Make-up und pudere sie nach. Ich zupfe die Augenbrauen, bringe sie in Form, male das äußere Lid silbern aus. Den Wimpernrand verdichte ich mit schwarzem Kajal, die Wimpern tusche ich tiefschwarz.

Meine Hände zittern, ich muss zweimal ansetzen, bevor es gelingt. Mehrmals im Zickzack tuschen, das ist die goldene Regel. Die Lippen bekommen nur etwas Gloss, damit sie glänzen. Einen Hauch Parfüm zwischen die Brüste und auf die Unterseite des Handgelenks, eine Mischung aus Jasmin und Hibiskus. Die Kombination aus Schulmädchencharme und erfahrener Frau. Beide Attitüden würde mir keine von euch zuschreiben, ich weiß. Aber in diesem Hotelzimmer, Kilometer von zu Hause entfernt, scheint das Unerwartete und Verborgene möglich.

Ich schlüpfe in ein schwarzes Kleid, das die Dessous verbirgt, und in meine Schuhe. Packe mein Portemonnaie, das Halsband, den Gloss und das Handy in die Handtasche, werfe sie über die Schultern und nehme den Fahrstuhl.

Direkt vor dem Club finde ich einen Parkplatz. Ein paar Laternen beleuchten das Villenviertel. Am Himmel türmen sich Wolkenberge. Kaum noch Leute auf der Straße.

Zu spät bemerke ich ein Pärchen, das in den Club geht. Ich sehe sie nur noch von hinten. Eine schmale Frau in Rock und High Heels neben einem Mann in schwarzem Anzug. Die werden sich drinnen sicher umziehen. Auf den ersten Blick machen sie einen ganz normalen Eindruck. Auf der Straße wäre ich an ihnen vorbeigegangen. Ich lasse den Song zu Ende spielen, bevor ich mich entschließen kann, auf die Tür zuzugehen.

Der Türsummer wird auf mein Klingeln hin betätigt. Zwei Sicherheitskolosse lächeln freundlich, als ich eintrete. Der Vorraum ist von Fackeln beleuchtet. An der Garderobe steht eine Frau in schwarzer Lackhose und rotem Lackoberteil.

»Legen Sie ab«, fordert sie mich auf.

Ich schlüpfe aus meinem Sommerkleid und reiche es ihr. Sie hängt es auf einen Kleiderbügel und gibt mir einen Chip. »Heute ist Ladies' Night, das heißt freier Eintritt und Gratisgetränke für die Damen. Viel Spaß.«

Ich gehe an der Garderobe vorbei und trete in einen großen Saal. Auch hier brennen Fackeln. Von der Decke baumelt ein überdimensionaler antiquarischer Kronleuchter. Gothic Beats hüllen mich ein. Eine kleine Bar in der Ecke ist mein Fluchtpunkt.

»Kir Royal«, ordere ich bei einem sehr jungen und knackigen Kellner. Ich schätze ihn auf höchstens zwanzig. Er trägt einen hautengen Lackanzug mit kurzen Armen und kurzen Beinen, in dem sein trainierter Po sehr vorteilhaft aussieht.

»Ausgezeichnete Wahl«, sagt der und füllt Eis und Champagner in ein Glas, kippt Cassis dazu und stellt es vor mich auf die Theke.

»Danke.«

Ich halte meine Hände unter Kontrolle, als ich zum Glas greife. Viele Jahre Selbstdisziplin verfehlen nicht ihre Wirkung, aber innerlich zittere ich. Er bemerkt es.

»Ihr erstes Mal?«

Er fragt geradeheraus, entwaffnend. Ich nicke.

Mein Blick gleitet zu einem an der Decke befestigten Käfig. Darin befinden sich ein Mann und eine Frau. Abgesehen von einem Harness und einem Ledergeschirr, das weder die Genitalien noch den Po bedeckt, ist er nackt. Sie hingegen trägt straff sitzenden Lack, der in seiner Form an eine Stewardessuniform erinnert. Beide pressen ihre Gesichter gegen die Gitterstäbe. »Gehören die beiden zur Hauseinrichtung?«, frage ich den Kellner.

Der lächelt verschmitzt: »Gewissermaßen.«

»Hey Philip«, ruft der Barkeeper und winkt einem Paar zu, das gerade den Saal betritt. Er trägt eine schwarze Lederhose und ein enges Shirt in derselben Farbe, dazu Stiefel. In der einen Hand hält er eine Peitsche, an der anderen führt er eine Frau an einer Leine, die vor ihm auf allen vieren kriecht. Sie trägt einen String-Bikini aus Lack und schwarz glänzende High Heels.

»Komm mit«, sagt der Mann und zieht sie einmal ruckartig am Halsband. Sie steuern die Bar an.

»Jetzt führt Philip sie aber ordentlich vor«, scherzt der Barkeeper in meine Richtung und grinst. Mein Blick wandert im Saal. In einigen Metern Entfernung entdecke ich einen Mann, der eine Frau an einem Andreaskreuz festbindet.

Bei Bondage geht es entweder darum, eine bestimmte Körperhaltung zu erzwingen oder aber den Partner so bewegungsunfähig wie möglich zu machen. Das erhöht das Gefühl des Ausgeliefertseins.

Der Mann bindet ihre Füße so am Kreuz fest, dass sie ihre Beine spreizen muss. Ich atme aus. Ich bin also nicht die Einzige, die solche Phantasien reizen. Mit dem einen Unterschied. Diese Leute trauen sich, ihre Obsessionen auszuleben.

Der Saal ist warm und gut gefüllt. Ich bin noch nie allein ausgegangen. Immer hatte ich eine Freundin oder Christian an meiner Seite.

Ich genieße es, niemanden zu kennen, mich in meiner neuen Rolle auszuprobieren.

»Ist hier noch frei?«, fragt Philip.

Ich nicke wieder und lächle. Noch nie in meinem Leben habe ich derart viel genickt, ohne zu sprechen. Er lässt sich auf einem Hocker vor mir nieder. Mein Herzpochen geht etwas zurück, der Barkeeper in meiner Nähe gibt mir Sicherheit.

»Sklavin«, spricht Philip seine Frau an, »hol mir eine Erdbeere vom Buffet. Du findest es zwei Räume weiter.« Die Frau will aufstehen und loslaufen, aber er stoppt sie. »Warte. Wünschen Sie auch etwas Obst? Trauben vielleicht?«

Ich weiß nicht, wie ich reagieren soll. Daher schweige ich.

»Trauen Sie sich«, sagt der Barkeeper. »Sie will es nicht anders.«

Philip wendet sich wieder an seine Untergebene: »Bring mir eine Erdbeere und der Dame ein paar Trauben. Aber auf allen vieren, Sklavin«, befiehlt er. Sie kriecht los.

»Und wenn du in zehn Minuten nicht wieder hier bist, werde ich dich auspeitschen«, ruft er ihr hinterher.

»Sie steht auf die Auspeitschung.« Er grinst, während ich von meinem Kir Royal trinke, ruft: »Simon.« Der Barkeeper schaut auf. »Auch mal wieder hier?« Philip reagiert nicht auf die Frage, ordert aber: »Ein Pils und Prosecco in einer Hundeschüssel.«

»Kommt sofort.«

Das erste Mal sehe ich Philip direkt an.

Blonde kurze Stoppelhaare, mit Wachs in Form gebracht, ein rundliches Gesicht, aber ein drahtiger Körper. Die Oberarme muskulös. Groß, um die 1 Meter 80. Ich schätze ihn auf Anfang vierzig. Seine Augen sind das Auffälligste an ihm, schmal, fast asiatisch, mit einem schelmischen Ausdruck, whiskyfarben.

»Und was trinken Sie?«, wendet er sich an mich.

Simon stellt das Pils auf die Theke und reicht Philip einen Hochglanzfressnapf mit perlendem Prosecco, den er vor sich auf den Boden stellt.

»Sie«, bemerkt Simon, »hat einen ausgezeichneten Geschmack.«

»Kir Royal«, ergänze ich.

»Aha«, sagt Philip. In diesem Augenblick taucht seine Frau auf. Sie läuft aufrecht in den Saal hinein. Als sie Philips Blick bemerkt, steckt sie die Obststiele in den Mund, fällt wieder auf alle viere und kriecht ihm entgegen.

»Ich habe deinen Ungehorsam genau beobachtet. Du hast es nicht anders gewollt«, sagt er, als sie vor ihm kniet und das Obst in seine Hände fallen lässt. Sie trinkt aus der Hundeschüssel.

»Du glaubst, das hast du dir verdient? Meine Liebe, da muss ich dich wohl züchtigen.« Philip legt das Obst auf den Tresen, rutscht von seinem Stuhl und befiehlt seiner Sklavin, auf allen vieren zu bleiben. Er holt mit der Peitsche aus und schlägt sie auf den unbedeckten Po. Viermal. Bei jedem Schlag jault sie kurz auf, aber ihre Befriedigung erkenne ich in ihrer Hingabe an die Demütigung und den Schmerz.

Ich beneide sie um diesen Mann, der sich nicht scheut, sie zu unterwerfen. Christian würde bei solchen Wünschen sicher nur den Kopf schütteln.

Als sich ihr Po rot färbt, hält er inne und bindet ihre Leine an seinen Stuhl. »Erlaube dir noch eine solche Unverfrorenheit und ich werde dich hier vor der Dame nehmen, wie du es noch nie erlebt hast. Ich werde es dir besorgen, du ungezogenes Miststück. Das ist deine letzte Chance. Also benimm dich.«

Philip rutscht wieder auf den Barhocker und nimmt einen Schluck von seinem Bier. Das Obst rührt keiner von uns an.

»Sie hat Glück«, sagt er zu Simon, »dass ich ein Ästhet bin. Ich mag es nicht, wenn ihr schöner Po Striemen oder gar blaue Flecken bekommt.«

»Nun erschrick unsere neue Kundin nicht«, entgegnet Simon und deutet auf mich.

»Ach.« Philip dreht sich mir zu: »Spiele für Erwachsene, sagen wir immer. Wir sehen das alles nicht so ernst, sind eher die Spaßfraktion. Von Beruf bin ich Physiker und unser Ruf stimmt nicht: Wir haben Humor!«

Ich lächle: »Das glaube ich gern. Ich bin übrigens Fee.« Ich strecke ihm die Hand hin. Er ergreift sie und deutet einen Handkuss an. »Angenehm. Sind Sie zum ersten Mal in der Szene, Fee?« Er nickt mir aufmunternd zu.

Er nimmt kein Blatt vor den Mund. Genau wie Simon. »Kann man so sagen«, antworte ich und ärgere mich, dass ich nicht einfach ja sage.

»Und wie gefällt es Ihnen?«, will er wissen.

»Ganz gut. Der Kir ist ausgezeichnet.«

»Jaja, der Kir«, scherzt er, »das hätte ich jetzt auch gesagt. Also noch einen Kir für die Dame, Simon.«

Simon lächelt breit: »Du kannst es wohl nicht lassen, suchst wohl noch eine zweite Sub, was?«

»Ach ja?«, frage ich.

Aber Philip winkt nur ab, legt seine Hand auf meinen nackten Oberschenkel, wartet auf meine Reaktion. Ich sehe zu der Frau, die noch immer auf allen vieren vor Philip kniet. Sie hat volle Lippen. Sonst ist sie eher unauffällig, aber durchaus hübsch. Ein schmales Gesicht, eine schlanke Figur und Augen, die nur auf ihn gerichtet sind. Ich ziehe mein Bein nicht weg. Gestatte ihm, was ich niemandem außer Christian erlaube. Das ist mein Abenteuer.

Und Philip erbittet nichts. Er kennt die Spielregeln. Würde ich ihn abweisen, zöge er sich nicht wie ein winselnder Hund zurück. Das ist die Magie des Ortes. Ich bin frei. Ich bestimme und wähle, selbst seine Frau tut es. Sie bestimmt ihre Rolle. Sie kann sie jederzeit beenden.

»Wollen Sie uns begleiten, Fee? Wir führen Sie herum.« Er wartet meine Antwort gar nicht erst ab, rutscht vom Hocker und heißt seine Sklavin, ihm zu folgen. Ich komme den beiden in dichtem Abstand hinterher. Zielstrebig führt er uns zu der ans Andreaskreuz gefesselten Frau. Sie hat langes dunkelrot gefärbtes Haar und ist üppig gebaut. Ein zweiter Mann hat sich zu dem Paar gesellt. Er ist groß und hat schwarzes Haar, das er zu einem Pferdeschwanz gebunden trägt. Er hält ihren Kopf nach hinten und weist sie an, ihren Mund zu öffnen und den Kopf in der Position zu belassen. »Sonst setzt es was«, droht er.

Dann zieht er sich eine Dildomaske über das Gesicht und zwingt die Frau, den Plastikschwanz zu schlucken. »Befriedige ihn, wie du meinen Schwanz befriedigen würdest.«

Sie würgt an dem roten Noppendildo, zwischendurch stöhnt sie. Unterdessen bietet der Mann, der die Frau am Kreuz festgebunden hat, seine Sklavin an die Doms feil.

»Wer von euch möchte sie vögeln?«

Philip sieht seine Sklavin an, raunt ihr zu: »Das ist eine weitere Strafe, sieh gut hin, wenn du Glück hast, befriedige ich dich später ebenso.« Er tritt vor, schlüpft aus seiner Lederhose, sein Schwanz ist halb erigiert. Die Frau stöhnt auf, der Mann mit der Einhornmaske lässt von ihr ab.

Sie sieht Philip an. »Mein Herr, seien Sie zart zu mir.«

»Wenn du gehorchst«, antwortet Philip distanziert. Er tritt ganz dicht an sie ran, nimmt seinen Ständer in eine Hand und reibt ihn an ihrem Kitzler. Ihre Beine sind so gefesselt, dass sie sie nicht schließen kann.

Um die Szene zu beenden, braucht sie nur das Safewort auszusprechen. Aber sie liebt dieses Spiel, sie lässt es zu.

Ich sehe mich an ihrer Stelle an das Kreuz gebunden, meine Beine wie ihre gefesselt, der Willkür meines Herrn ausgeliefert. Mein Herz klopft polternd gegen meine Brust, meine Muschi wird feucht.

Philip kommt zum Einsatz. »Sklavin«, spricht er sie an, »ich werde dich jetzt nehmen.« Sein Schwanz ragt steil in die Luft.

»Doch vorher«, fährt er fort, »werde ich dich bestrafen. Ein anständiges Mädchen lässt sich nicht an einen Pfahl binden. In einer derart obszönen Haltung. Das macht dir wohl noch Spaß.« Er kramt in seiner abgelegten Hose und holt zwei Krokodilsklammern heraus. Klammern für die Nippel. An einem Band sind sie miteinander befestigt. In dem Laden, in dem ich meine Dessous erstanden habe, lagen sie in einer Glasvitrine aus.

Er tritt wieder auf die Frau zu, saugt an ihren Nippeln, beißt. Sie schreit auf. Als Antwort befestigt er die Klammern an ihren Brustwarzen.

»Hab Mitleid«, raunt sie.

»Wenn mir deine Dienstleistung gefällt, überleg ich es mir.« Ohne zu zögern streift er sich ein Kondom über und stößt in sie hinein. Sie stöhnt auf, eine Mischung aus Wollust und Schmerz.

Er hält sie an den Hüften fest und bewegt sich abwechselnd kreisend und stoßend. Meine Klitoris pocht, zwischen meinen Schenkeln ist es ganz warm. Ich möchte an ihrer Stelle sein. Von Philip gefesselt, vorgeführt und genommen werden. Wie immer er es will.

Seine Sklavin schaut mit weit aufgerissenen Augen zu. Sie steht auf, die Leine baumelt vom Hals herab. Während Philip die Gefesselte befriedigt, versetzt er ihr kleine Schläge auf die Wangen. Mit der flachen Hand. Jetzt stöhnt auch sie. Beide überlassen sich der Lust. Er fügt sie ihr zu, sie empfängt sie. Eine Spielart der Geschlechter.

Ich habe mal einen Tangokurs belegt. Erst fiel es mir schwer, meinem Tanzpartner die Führung zu überlassen. Viele Stunden hat es gedauert, bis ich mich fallen lassen konnte. Was für ein Glück, dass ich einen geübten Partner hatte. Er hat mich mitgenommen. Es war ein Spiel, eine Verabredung, die mich elektrisiert und mir die Hingabe erlaubt hat. Philip wäre ein hervorragender Tangotänzer, sie eine stilsichere Partnerin.

Als sie fertig sind, zieht er seinen Schwanz aus ihr heraus, küsst sie zärtlich auf den Mund. Dann wendet er sich an den Mann, der sie feilgeboten hat und schüttelt ihm die Hand.

Erst jetzt bemerkt er seine ungehorsame Sklavin, die neben mir steht und ihn angrinst. »Ich habe dich gewarnt«, sagt er streng, seine Miene verfinstert sich. »Komm mit.«

Er weist seine Partnerin an, sich wieder in die Hundestellung zu begeben, läuft einmal um sie herum und studiert ihren zarten Po.

»Die Peitsche muss noch an der Bar sein«, sinniert er laut. Er nimmt die Leine und seine Lederhose. »Komm mit«, sagt er zu ihr, mir wirft er einen schelmischen Blick zu.

Ich sehe ihn wortlos an. Lächle vorsichtig.

»Du auch«, ergänzt er die Anrede wechselnd. Ich folge seinem Befehl. Meine Knie fühlen sich zittrig an, ich weiß nicht, was geschehen wird.

»Unser Safeword ist Abraxas«, sagt er in meine Richtung. Wir kommen in einen Raum, der nur von zwei Fackeln beleuchtet ist. In seiner Mitte befindet sich eine schwarze, sehr enge, aufrecht stehende Box mit Löchern.

»Du weißt, was auf dich zukommt, Sklavin?« Die Frau nickt. Er weist sie an, sich ganz zu entkleiden. Sie gehorcht und schlüpft aus dem Lackbikini. Dann öffnet er die Tür des engen rechteckigen Kastens, lässt sie hineinsteigen. Er legt ihre Arme in schwere Ketten, die an der Decke der Box befestigt sind. Auch als er die Tür verriegelt, leistet sie keinen Widerstand.

Es muss stockfinster sein da drinnen. Sie kann sich weder setzen noch hinlegen, so eng ist es. Und noch dazu die Handschellen.

»Spreize die Beine«, weist er sie durch die verschlossene Tür hindurch an. »Und du«, sagt er zu mir gewandt, »bist mucksmäuschenstill und beobachtest uns genau. Wenn du das nächste Mal hierher kommst, werde ich dich zu meiner Gespielin machen, das willst du doch, oder?«

Ich entgegne nichts. Ich bin es nicht gewohnt, dass ein Mann auf diese Weise mit mir spricht. Seine Frechheit erregt mich.

»Ich habe dir eine Frage gestellt.« Er kommt direkt auf mich zu, steht dicht vor mir. Ich nicke. »Ja, mein Herr«, höre ich mich sagen, »das wünsche ich mir.«

Er berührt mich zart an der Schulter, wendet sich dann aber wieder seiner Sklavin zu. Er zieht sich aus, sein Schwanz steht schon wieder.

Er läutet mit einer Glocke nach einer Bedienung, die auch prompt erscheint, eine aufreizende Frau in Hausmädchenkluft, und fordert Brennnesselzweige und Kerzen. Das Hausmädchen macht einen ordentlichen Knicks und bringt ihm wenig später auf einem silbernen Tablett, was er geordert hat.

»Dazu Handschuhe für den Herrn«, sagt sie noch, dann verlässt sie das Zimmer.

Er streift sich die Handschuhe über, greift den Brennnesselzweig und steckt ihn in eine Öffnung des Kastens. Sie schreit auf. Er nimmt den Zweig wieder heraus.

»Willst du deinem Herrn und Meister gehorchen?«

Aus der Box ertönt ein leises »Ja«.

»Dann wirst du dich jetzt auf meine geforderte Weise entschuldigen?«

»Ja, mein Herr.«

Er schiebt den Riegel beiseite. Die Tür knarzt, als er sie öffnet. Er löst die Handschellen, lässt sie herauskommen. Ich lehne bewegungslos an einer schwarz gestrichenen Gipssäule. Meine Nippel sind hart. Die Situation erregt mich.

»Knie dich hin und befriedige mich mit dem Mund und der Zunge. Die Hände hältst du hinter deinem Rücken gekreuzt.«

Sie fällt auf die Knie und öffnet den Mund, umspielt seinen Schwanz mit der Zunge, nimmt ihn schließlich ganz auf. Ein kurzes Stöhnen seinerseits, mehr ist nicht zu hören.

Nur das Bild des Paares im Halbdunkel prägt sich mir ein. Beide haben mich ganz vergessen. Ein versunkenes Spiel, voller Hingabe. Als sie fertig sind, küsst er sie auf den Mund und erlaubt ihr aufzustehen.

»Für heute reicht es«, sagt er. »Lass uns nach Hause gehen, Viv.« Da erinnert er sich an mich. Ich stehe noch immer an einen Pfeiler gelehnt und beobachte die beiden.

»Ich bin jeden ersten Samstag im Monat hier«, ruft er mir schon im Hinausgehen zu. Dann wendet er sich noch einmal um. »Fee, so heißt du doch nicht wirklich, oder?«

Ich will antworten, aber er ist schon gegangen. Noch eine ganze Weile bleibe ich im Schutz des Raumes, an die Säule gelehnt, stehen. Ich bin ganz allein und lausche meinen Atemzügen, die sich langsam beruhigen. Ich bin nicht fremdgegangen und doch ist eine Menge passiert. Von draußen dringen gedämpfte Stimmen zu mir herein.

Irgendwann, viele Minuten später, gehe ich nach draußen, setze mich auf einen der Barhocker. Simon bemerkt mich gleich. »Noch einen Kir?«, fragt er. Ich nicke.

*

»So ist die Geschichte ausgegangen. Ich bin ins Hotel gefahren und am nächsten Tag zurück. Ich hatte Angst, Christian könnte die Dessous finden, und habe sie deshalb ganz tief im Schrank vergraben. Aber als er nach Hause kam, präsentierte er mir stolz eine kleine Tüte mit weißem Pulver. ›Ich habe uns was mitgebracht. Hat mir ein Kollege zugesteckt. Mal was Neues.‹

›Was ist denn in dich gefahren?‹, habe ich entsetzt gefragt, aber wenig später, das Zeug zeigte schnell Wirkung, trug ich bereits die Dessous. Meine Erinnerungsbilder überzogen sich mit warmen Schauern, während wir zusammen schliefen. Wir haben sogar die übliche Stellung gewechselt. Er nahm mich von hinten.

Meine Dessous haben ihn geradezu herausgefordert. Er war wilder als sonst und konnte mir Verzückung verschaffen. Allerdings musste ich sehr aufmerksam sein. Philips Name brannte die ganze Zeit auf meinen Lippen. Ich habe mich selten gleichsam so verdorben und gelöst gefühlt. Bisher dachte ich immer, nur Männer bringen so etwas. Aber ich habe mich getäuscht und gleichzeitig gelitten und genossen.

Am nächsten Tag hat Christian in aller Frühe seinen Espresso gekippt und was von ›viel Arbeit‹ und ›Privatpatienten‹

gemurmelt. Er ist erst spät in der Nacht wiedergekommen. Bei mir hielt dieser beflügelnde Zustand mehrere Wochen an. Vielleicht erinnert ihr euch? So eine Energie hatte ich danach nicht wieder. Ich habe einen Fall nach dem nächsten gewonnen. Es hat mich kaum Anstrengung gekostet.«

»Und hast du so etwas noch einmal gemacht?«, will Carla wissen. Tessa starrt in die flackernden Kerzen. Ihr Kinn ruht zwischen ihren Händen. Lana hebt ihren Kopf von Nikes Beinen, setzt sich neben sie und legt einen Arm um sie. »Meine liebe Nike«, flüstert sie ihr ins Ohr. Nike wendet sich ihr zu, ihre Gesichter ganz nah beieinander.

»Was tuschelt ihr beiden da?«, unterbricht sie Carla.

»Nichts Wichtiges«, entgegnet Nike.

»Ich möchte wissen, wie es weitergegangen ist.«

»Aber nur eine Geschichte ist doch wahr, Carla«, erinnert Tessa.

»Umso wichtiger«, raunt Lana. »Wir wollen Nike doch ganz verstehen.« Und Nike flüstert sie zu: »Ich will dich ganz verstehen.«

»Nun hör mal mit dem Geflüster auf, Lana«, scherzt Carla. »Ich werde eifersüchtig.«

Nike schluckt. »Ich habe Durst. Kann noch jemand eine Weinflasche öffnen?« Lana setzt sich auf, greift nach dem Korkenzieher. Mit wenigen geschickten Handgriffen öffnet sie die nächste Flasche. Riojaduft steigt auf. Lana schenkt Nike und sich nach und will mit ihr anstoßen. Nike senkt den Blick.

»Du musst mich dabei ansehen. Sonst riskierst du sieben Jahre schlechten Sex.«

Nike hebt den Blick und lächelt.

»Auf unsere Freundschaft, Nike.«

»Auf unsere Freu…«, will Nike entgegnen, aber im Schutz der Dunkelheit küsst Lana sie flüchtig auf den Mund. Ihre Lippen fühlen sich zart und weich an. Nike unterdrückt den Wunsch, Lanas Wange zu streicheln. Stattdessen greift sie nach dem letzten Obstspieß, zieht eine helle Weintraube herunter und steckt sie Lana zwischen die Lippen.

»Stillst du nun endlich meine Neugier auf deine zweite Geschichte?«, fordert Carla mit Nachdruck. Lana beißt die Weintraube in zwei Hälften und reicht eine Nike: »Ja, spann uns nicht länger auf die Folter.«

Nike schweigt, während Lana ihren Kopf wieder auf Nikes Oberschenkel bettet und frei zitiert: *»Die Füße auf der Erde, der Geist in den Sternen.* Ich weiß nicht mehr, wer es gesagt hat, aber es passt gerade so gut …«

»Seht mal, der Große Wagen.«

Alle bis auf Carla folgen Tessas Zeigefinger.

»Die Geschichte …«, drängt Carla.

Nikes zweite Geschichte

Entfesselt

Als Kind habe ich davon geträumt, wie ein Vogel zu fliegen. Ich trainierte. Arme auf, Arme ab. Die Flügel würden schon noch wachsen. Aber nichts geschah. Das Wünschen half nicht. Kein Prinz, kein Schloss, keine Vögel. Nicht mal den Wellensittich im Käfig. Stattdessen Christian, mein BMW-Cabrio, die Kanzlei. Im besten Fall ein Zahnbleaching.

Wünsche versenken.

Ich lenke mich ab, weil ich mir selbst nicht über den Weg traue. Jeden Morgen, noch vor der Arbeit, gehe ich zum Training ins Fitnessstudio. Danach jogge ich eine Stunde im Park.

»Du bist bereits schön, du kannst nicht schöner werden«, sagt Christian. Ich trainiere gegen die inneren Bilder an, drei Kilometer am Tag.

Und dann, der Windhund im Café gleich neben Christian schlabbert Wasser aus einer Trinkschüssel. Sein Frauchen, genauso schmal, stößt mit einem Mann an, der gerade von seiner Zeitung aufblickt und jetzt auf sie einredet, während sie ihren Blick auf das Tier richtet.

Bilder schieben sich übereinander.

Der Windhund tätschelt ihren Kopf, sie schlabbert Prosecco aus der Schüssel. »Ich muss hier raus.«

Christian zahlt und folgt mir, sagt was von Überarbeitung, ich schweige.

Ein paar Wochen später. Ich bin beim Gemüsehändler um die Ecke, ein auffallend schöner Vietnamese übrigens, der mir immer begehrliche Blicke zuwirft und Gespräche mit »Schön dich zu sehen« beginnt. Ich packe gerade Lychees in eine Papiertüte, eine von den dreieckigen, die ich als Kind mit Lutschern und Gummitieren füllen durfte.

»Hallo, Nike!« Nach einer Schrecksekunde fällt es mir ein: Es ist Levin, ausgerechnet Levin, ein ehemaliger Kommilitone von mir. Wir hatten mal einen One-Night-Stand im dritten Semester. Er hat mich nach unserer Premiere angesprochen, hat behauptet, ich sei eine fabelhafte Aufseherin. Das war noch alles vor Christian. Nichts Besonderes übrigens, wir waren beide bis oben voll. Kann mich kaum erinnern. Aber er hat erzählt, dass er sich für BDSM interessiert. Wenn ich ehrlich sein soll, fand ich ihn auch danach ganz schön heiß. Wir sind uns immer mal wieder auf Partys begegnet. Aber er hatte eine feste Freundin, eine BDSMlerin, hat mir eine Bekannte gesteckt.

»Levin? Was machst du denn in Köln?«, entgegne ich und reiße die Augen weit auf. Er hat sich kaum verändert. Leicht gewelltes braunes Haar umrahmt sein männliches Gesicht – seine Mutter ist Italienerin, glaube ich – grüne Augen, schön geschwungene dunkle Brauen, lange Wimpern. Der schwarze Anzug steht ihm gut, maßgeschneidert, und seine Stimme wirkt wie damals: verführerischer Samt. Von Freunden habe ich erfahren, dass er für eine Reederei in Hamburg arbeitet. Personalabteilung. Guter Posten.

Das ist wie mit der Diät, neulich. Da halte ich mich strikt an die South-Beach-Richtlinien, ihr wisst schon, die neuste Diät aus Kalifornien, und dann gibt der Anwaltsverein ein kleines Dinner und ich nasche nur eine Olive und bin ganz stolz auf mich. Doch dann kommt die Sahnetorte und da spart der Oberhausen – das ist ein wichtiger Geschäftsfreund meines Vaters – nicht mit Kommentaren.

»Also Wilfried, deine Tochter gehört doch nicht zu diesem magersüchtigen Bulimievölkchen, oder doch? Was ist, Nike, du magst doch Torten, oder?«

Da nicke ich, mein Vater schiebt mir schon ein Stück auf den Teller und wenn die vor mir steht, meine Güte, drei Wochen nichts Süßes, dann werde ich schwach und der Oberhausen ist zufrieden und mein Vater auch, und ich sage mir, das muss jetzt sein und erst dann genieße ich.

So was rächt sich dann mit anschließender Obstsaftkur aus dem Reformhaus.

»Ein Freund gibt eine private Party. Du weißt schon, mein kleines Hobby. Ganz exklusiv, ausschließlich geladene Gäste.«

Er sieht mich an. Diese Augen, die mich frech mustern. Seine Muskeln lassen sich unter dem schicken Anzug nur erahnen.

Wünsche versenken.

»Am Wochenende, diesen Samstag.«

Ich nicke, bringe keinen Ton heraus, schließe die Papiertüte und lasse sie in den Korb fallen. Wünsche versenken ... Es hilft nicht. Die Rollen sind verteilt.

Er zückt seine Visitenkarte, fragt den Vietnamesen nach einem Stift. Während Levin Straße, Hausnummer und den Namen des Gastgebers aufschreibt, versucht der Gemüsehändler seine übliche Tändelei: »Schön dich zu sehen, wie geht's dir?«

»Danke, gut, und Ihnen? Wie läuft das Geschäft?«

Levin legt den Stift auf den Tresen zurück.

»Das Geschäft läuft gut, aber die Liebe ... Und bei dir?«

Levin legt seine große Hand auf meine Schulter. »Du kommst doch?«

Ich nicke. Wünsche versenken ... »Mal sehen«, schicke ich hinterher und »danke für die Einladung.«

Er überhört es, sagt: »Es beginnt um 22 Uhr. Ich erwarte dich vor der Haustür. Ach ja, die üblichen Dresscodes.«

Bevor ich nachfragen kann, was er unter üblich versteht, löst er seine Hand, haucht mir einen Kuss auf die Wange und geht. Das Türglöckchen bimmelt.

»Schöner Mann«, murmelt der Gemüsehändler betroffen.

Ich streiche über meine Wange und klammere mich am Einkaufszettel fest: Guaven und Kiwis und Magerquark für den Obstsalat. Vor der Kasse wandert dann doch noch eine Maxipackung Häagen Dazs Eiscreme *Cookies & Cream* in den Korb. Unbeabsichtigt, fast von selbst. Ich bin gar nicht beteiligt, bezahle und will gerade gehen, als mir der Gemüsehändler zuruft: »Dein Wechselgeld!«

Der Rest der Woche ist qualvoll.

Regelmäßig zu spät in der Kanzlei, die Warteschlange im Supermarkt wird zur Tortur, zu lange, um die Gedanken zu stoppen, ich studiere die Aufschriften von Shampooflaschen und lerne sie auswendig.

»Eine Tüte?«, fragt die Kassiererin.

»Aqua Sodium Laureth Sulfate, Lauryl Glucosid ... *äh* ... ja, gerne, natürlich. Entschuldigung.«

Ich blinzle gegen die Sonne an, es ist viel zu warm und der Sommer hinterlässt Sehnsuchtsspuren in den Gesichtern. Wenn wenigstens die Blätter fielen und der Regen die Menschen in die Häuser triebe.

Nachts gehe ich nicht ins Bett, bevor Christian eingeschlafen ist. Ich wälze Fachbücher. Er klopft mir aufmunternd auf die Schultern. »Das ist mein Mädchen«, sagt er. Dann tätschelt er meinen Kopf und haucht mir einen Gutenachtkuss auf die Stirn. Morgens wache ich trotz des beharrlichen Weckerrasselns nicht auf.

Am Tag der Party erhalte ich drei Strafzettel, zwei wegen Falschparkens und einen wegen Geschwindigkeitsüberschreitung. Und abends finde ich einen Grund, um aus dem Haus zu gehen. »Ich muss noch mal in die Kanzlei. Und dann treffe ich Carla in der Stadt. Vielleicht übernachte ich bei ihr. Ist das in Ordnung?«

Christian sagt nichts und sieht auf den Monitor. Schüsse sind zu hören, die kleinen Boxen voll aufgedreht.

»Es geht ihr nicht so gut. Es ist nicht leicht für sie …«

Er fragt nicht, was denn nicht leicht sei, tätschelt aber wieder – ohne aufzusehen – meinen Kopf.

»Kein Problem. Arbeit geht vor …«

Ich höre ihm nicht zu. Bin froh, dass er meine Hände nicht bemerkt, die sich umeinander schließen, um ein Zittern zu unterdrücken.

»… und wir brauchen ein soziales Netzwerk. In meiner letzten Schulung hat ein Dozent …«

Meine Hände bemerkt er nicht und auch nicht meine Schminke – zu viel Schminke für Carla und erst recht für einen einsamen Abend in der Kanzlei – meine hohen Schuhe nicht und auch nicht die große Tasche, in der eine Korsage, ein Kleid mit fast hüfthohem Schlitz und ein Halsband stecken. Das Outfit habe ich noch schnell in einer SM-Boutique erstanden.

Ein Griff ins hinterste Kommodenfach, Christian gebannt vor dem PC, von *Counter Strike* vereinnahmt, ein Kuss auf seine Wange, er riecht sportlich, eine Mischung aus Zitrone und Gucci Aftershave. Aber er trägt noch immer seinen Anzug. Um 19 Uhr ist er nach Hause gekommen, jetzt ist es 21 Uhr 04.

»Ziehst du nichts anderes an?«, frage ich. Er sieht irritiert an sich herunter. »Ach so, ja natürlich, habe ich ganz vergessen.« Er küsst meine Stirn, schiebt mich von sich. »Das Spiel ... Du weißt schon ... Viel Spaß, mein Engel und nicht zu viel Arbeit.«

Ich nicke und eile aus dem Haus.

Im Affentempo zur Kanzlei, in fünf Minuten, fast über Rot gefahren, keiner mehr da, Licht an, Toilettentür auf, Prada aus, Lackkorsage an, Strapse und halterlose Strümpfe, Kleid drüber, Haare neu frisieren, Schminke sitzt, Parfüm auf die Handgelenke, Christian anrufen, jaja, noch in der Kanzlei, zwei Minuten, ich liebe dich, im Hintergrund die Geschosse, nie besser gelogen, Licht aus, Tür zu, rein ins Auto.

Navigator an, Eingabe bestätigen, der freundlichen Stimme lauschen, geradeaus, Herz pocht, grüne Ampelphase, Straßenlaternen gehen an, nach 150 Metern rechts abbiegen, rauf auf die Autobahn, sehr kurz nur, wieder runter, geradeaus, 21 Uhr 59, Vorstadtgrün, nach 50 Metern links abbiegen, da ist die Straße, freie Parklücke, er hat dich gesehen, die Autotür fällt zu, meine Schritte ihm entgegen.

Meine Hüfte wippt, ich streiche durch meine Haare, ein warmer Wind, Hollywood-reif.

Musik schwillt an, ich stehe vor ihm und einem kleinen Einfamilienhaus mit weißem Anstrich, das sich in nichts von den anderen Häusern unterscheidet, eine kleine Tanne im Vorgarten, die Heckenrosen blühen.

Er mustert mich, lächelt kurz.

»Das Safeword lautet *Böse Blumen.*«

Bevor ich etwas erwidern kann, klingelt er, Rachmaninow in Konzertstärke, eine Frau mit grünen Augen und braunen halblangen Haaren öffnet.

»Levin«, sagt sie und fällt ihm in die Arme.

»Meine alte Freundin«, stellt er sie mir vor. »Hier nennen sie alle Kiara. Und das ist …«

»Fee«, rufe ich schnell.

»Richtig. Also, Kiara, das ist Fee.«

»Kommt doch erst mal rein und legt ab.«

Ich schiele um die Ecke. Vor den Fenstern hängen rote Samtvorhänge. Wie bei meiner Großmutter. Nur die alten Möbel und Jugendstiluhren fehlen. Dafür dunkelrote Wände, schwarze Ledersofas und abstrakte Kunst, gerahmt. Alte Kronleuchter wagen den Stilmix mit Ikeakommoden Palmen und ein Elefantenfußbaum auf einem Glastisch. Unschlüssig bleibe ich stehen.

»Zieh dich aus, Sklavin.« Das ist Levin.

Er hat Jeans und T-Shirt abgelegt, steht jetzt bis auf seine Stiefel und eine Peitsche, die ihm Kiara in die Hand drückt, nackt vor mir. Seine Stimme jagt zarte Schauer über meine Haut. Ich willige ein, ohne gefragt zu werden, entkleide mich.

»Gut so.«

Er tritt ganz nah an mich heran. Sein Schwanz berührt flüchtig meinen Oberschenkel und schwillt leicht an. »Komm jetzt.«

Ich folge ihm.

Im Wohnzimmer sitzen die Doms aufgereiht auf den Ledersofas, ihre Subs haben sie wahlweise auf roten Kissen auf dem Parkettboden oder aber mit dem nackten Po über ihren Knien platziert.

Manche der Subs lecken die Schwänze ihrer Herren oder versenken sie ganz in ihrem Mund. Den anderen wird abwechselnd der Hintern versohlt und gestreichelt. Das alles erledigen die Doms – übrigens alle männlich – fast beiläufig, als eine Art Unterhaltung, während sie miteinander plauschen oder genüsslich am Rotwein nippen.

Die Sklavinnen sind ausschließlich Frauen. Das stört mich nicht. Ich gehöre dazu. Levin schüttelt den Herren die Hände, gibt einer Frau einen Klaps auf den Po und sagt: »Später geselle ich mich vielleicht dazu. Ich bringe meine Sklavin zunächst auf ihr Zimmer.«

Einer lacht, wünscht »Gutes Gelingen« und zwinkert mir zu.

Ich senke den Kopf. Er gefällt mir nicht. Geheimratsecken und Bauchansatz, ihm wäre ich nicht hierher gefolgt.

Levin spielt in einer anderen Liga. Sein schlanker Körper, die blitzenden grünen Augen, seine Stimme, besonders die Stimme. Mal abgesehen von seinem Schwanz, er ist gerade – abgegriffenes Wort, ja –, aber doch: spitz zulaufend wie ein Pfeil und nicht eine dieser Auslegefleischwaren, bei denen ich an Schinkenröllchen, Bockwurst und Rouladen denken muss, und meine Lust sich davonmacht.

Während andere Subs aufgefordert werden, vor allen Augen zu masturbieren, nimmt mich Levin bei der Hand und sagt: »Später, Kleine, erst wirst du gehorchen lernen.«

Er bittet Kiara um einen Schlüssel.

»Nimm die fünf«, sagt sie. Er greift nach den Handschellen, die auf dem Glastisch liegen. Kaltes Metall umschließt meine Hände. Levin befestigt sie hinter meinem Rücken.

»Folge mir und keine Widerworte.« Er steigt die Treppe hinunter ins Souterrain, ich hinterher. Es ist finster, aber warm, wenige Teelichter weisen den Weg. Mehrere Holztüren sind in gerader Linie mit Nummern von eins bis sieben beschriftet. Sieben Todsünden, sieben Wege über vermeintliche Brücken, sieben Raben, sieben Siegel, sieben Zwerge …

Weiter komme ich nicht.

Der Schlüssel dreht sich im Schloss. Die Tür quietscht. Ein Kronleuchter hängt von der Decke des schmalen Raumes. Ein schwarzes Metallbett, eine Ministereoanlage, ein paar CDs, Fuß- und Handschellen, Stricke und verschieden große Dildos auf einer langen Glasvitrine aufgereiht. Ein Paravent, hinter den ich nicht sehen kann.

»Manu?«, fragt Levin und schließt die Tür. Ein Wasserhahn wird aufgedreht.

»Ich bin da, Levin. Komme gleich. Fangt schon mal an.«

»Ich wusste nicht …«, sage ich.

»Habe ich dir erlaubt zu sprechen? Zieh dich aus und leg dich aufs Bett. Wir werden es dir schon besorgen.« Levin löst meine Handschellen. Ich zögere. Die Vorstellung, von ihm genommen zu werden, erregt mich.

Wer aber verbirgt sich hinter dem Paravent? Die weiche Stimme jedoch, die zu keinem älteren Mann passt, erweckt Vertrauen und das Safeword bleibt als Möglichkeit.

»Wird's bald?«

Levins Stimme tönt voll durch den kleinen Raum.

»Die Strümpfe und die Stöckelschuhe kannst du anlassen, aber zieh die Korsage und den String aus, wir wollen deine Möse und deine Brüste sehen.«

Andere laden dich zu Drinks ein und fahren dich anständig nach Hause, trauen sich nicht mal, dich zu küssen. Ich löse die Strumpfhalter für Levin, öffne Häkchen um Häkchen der Korsage und schlüpfe aus dem String.

»So ist es gut«, sagt er.

Nur wenige Zentimeter trennen uns, aber er berührt mich nicht. Sein Schwanz ist leicht erigiert.

»Leg dich jetzt hin und spreiz Arme und Beine, Sklavin.«

Ich gehorche gerne.

»Die Beine breiter«, befiehlt Levin, während er meine Handgelenke in Fesseln legt und sie am Gitterbett befestigt. *Klick, klack.*

Ich öffne die Schenkel.

Nur eine Glühbirne vom Kronleuchter erhellt den Kellerraum. In meinem Bauch mischt sich Nervosität mit Erregung, Gefühle tanzen auf und ab.

Levin lächelt und betrachtet mich ohne Hast vom Fußende des Bettes aus. Dann legt er auch meine Fußgelenke in Fesseln und kettet sie ans Bett. Arme und Beine gespreizt.

Ich bin seinen Blicken ausgeliefert und genieße meine Wehrlosigkeit. Biete meine Zerbrechlichkeit feil. Levins Schwanz ist voll erigiert und sofern ich das überhaupt beurteilen kann, größer als der eines Durchschnittsmannes, jedenfalls größer als Christians Ständer. Er beugt sich über mich und sieht unverhohlen auf meine Möse.

Wünsche bergen. Seine Lust bedingungslos beflügeln. Mit den Fingerspitzen streichelt er mich von den Füßen bis zu den Oberschenkeln hinauf. In meiner Auflösung zu seinem Objekt werden. Mein Körper streckt sich ihm entgegen. Meine Nippel werden steif, ein sanftes Beben. Wünsche behüten, mich das erste Mal einem Mann gänzlich überantworten.

Er wiederholt seine Liebkosungen mit der Zunge, hinauf zu den Oberschenkeln, haucht warme Luft auf meinen Kitzler, aber zögert die Berührung hinaus.

Christian verwöhnt mich nie mit der Zunge. Umso mehr gebe ich mich Levin hin. Die Fesseln schaffen erst die Möglichkeit dazu. Ich tue ausschließlich, was von mir verlangt wird.

Levin umfasst seinen Ständer und fährt mit seiner Schwanzspitze die Innenseiten meiner Oberschenkel ab. Mein Kitzler pocht, meine Schamlippen sind geschmeidig, meine Möse ist bereit, ihn aufzunehmen. Ich will seine Wärme in mir spüren.

»He, Levin!« Die Stimme von vorhin. »Wolltest du sie nicht zuerst mir überlassen?«

Levin hält in der Bewegung inne, murmelt »versprochen ist versprochen«, tritt einen Schritt zurück und sagt: »Du verzeihst, bei diesem Anblick ...« Levin stellt sich neben mich, umfasst meine Hand und meint: »Ich bleibe bei ihr. Mich macht das an, wenn du es ihr besorgst.«

Der Mann nickt. Er ist um einiges kleiner als Levin, 1 Meter 70 vielleicht, und androgyn gebaut. Er trägt eine Augenmaske und zu einer schwarzen Lederhose ein locker fallendes schwarzes Muskelshirt. Sind ja gewöhnlich auch wenig anziehend, solche Typen. Aber dieser ist anders. Seine hellen Augen erinnern an das Blau eines hochgelegenen Bergsees, still sind sie, konzentriert. Wie er mich durch die Maske ansieht. Eine schwarze Haarsträhne fällt ihm ins Gesicht. Volle Lippen, die jetzt meinen Unterbauch küssen und zarte Finger, die zielsicher und gekonnt meinen G-Punkt finden und sanft massieren.

Zu Anfang unterdrücke ich noch leise Wohlfühllaute. Er macht weiter. Ich kann mich ihm nicht verschließen, die Beine weit geöffnet, er sieht alles, meine intimsten Stellen, sicher gleiten seine Hände über meine Nippel, er hat das tausendmal gemacht, stimuliert mich auf Knopfdruck, bis ich das erste Mal unter der bloßen Berührung seiner Finger aufstöhne. Meine Stimme bahnt sich ihren Weg. Jetzt ist es auch egal, ob sie meine Lust hören. Ich überlasse mich ihm, seine Finger gleiten in meine Möse, ich stöhne hell auf dem Höhepunkt.

Manus Fingerspiel ist noch viel geschickter als Levins Liebeskünste. Der befriedigt sich gleich neben mir, während er noch immer meine Hand hält.

»Die bringt's«, stößt er hervor, aber der andere reagiert nicht. Levin spritzt auf meine Brüste, während Manu meinen Kitzler freilegt und ihn mit seiner Zunge umspielt, bis er mich erneut entfacht. Feuchtigkeit zwischen meinen Schenkeln.

Ich will beide in mir spüren, Levin und besonders den Fremden. Aber Manu lässt von mir ab, schnallt sich einen riesigen schwarzen Dildo um, lächelt und sagt: »Ich werde es dir richtig besorgen.«

Ich schrecke aus der Trance, will die Beine schließen, aber die sind noch immer ans Bett gekettet. Der ist viel zu groß.

Er streift ein Kondom über den Dildo.

Der wird wehtun. Unwillkürlich schließe ich die Augen und drücke Levins Hand. Der küsst meine Stirn und streichelt meine Wange, während Manus kalter Silikonphallus in mich eindringt.

Er lässt sich Zeit, stößt den Dildo Zentimeter um Zentimeter tiefer. Währenddessen liebkost Manu meine Muschi, meinen Kitzler und meine Nippel, die davon steif werden. Das erregt ihn. Sein Atem geht schneller.

Er kniet sich über mich, stößt kräftig zu, beugt sich vor und saugt fest an meinen Brustwarzen. Er nimmt den Takt meines Stöhnens auf, bewegt sich kreisend in mir.

In diesen Sekunden fallen alle Gedanken ins Bodenlose, lösen sich auf und geben meinen Gefühlen Raum. Ich bin ganz bei mir.

Manu hält sich an meiner Hüfte fest und stößt mit steigerndem Tempo in mich hinein, während Levin befiehlt: »Mach's mir mit dem Mund.« Er setzt sich rittlings auf mein Brustbein und steckt seinen Ständer zwischen meine geöffneten Lippen.

Manu bewegt sich noch immer in mir und streichelt meinen Kitzler. Als ich die Augen öffne, sehe ich Levin, dessen versunkenes Lächeln an einen Jungen erinnert, der endlich das lang umschwärmte Spielzeug in den Händen hält.

Ich versuche den Fremden zu studieren. Aber Levin, der seinen Schwanz immer wieder tief in meinen Mund stößt, macht es mir unmöglich. Ich bekomme kaum noch Luft, mein Mund muss offen bleiben, sonst bohren sich meine Zähne in Levins Schwanz.

Manus Kreisbewegungen erfüllen mich.

Meine Möse zieht sich zusammen. Hitze steigt auf und ab, unerwartete Lust ähnlich einem Kitzeln. Zartes Brodeln entfacht den Vulkan, bis er Lava aus der Öffnung spuckt, wenige Tropfen erst, er legt nach, Fieberglut, die zum Strom wird und sich ins Tal ergießt. Niemand kann sie aufhalten. Mein erster vaginaler Orgasmus. Und das mit einem harten Dildo. Wenn er mit einem Plastikschwanz schon so geschickt vorgeht, was kann er dann mit seinem Ständer anstellen?

Endlich kommt auch Levin. Sperma fließt in meinen Rachen. Betäubend im Geschmack. Er stöhnt leise und zieht seinen Schwanz aus meinem Mund. Ich schlucke, will Wasser, aber unterdrücke diesen Wunsch. Nicht zu viel auf einmal fordern.

»Wie wäre es, Manu«, leite ich meine Frage ein, »wenn du mich mit deinem Schwanz nimmst?«

Levin steigt mit einem Ruck von mir herunter und tritt zu dem anderen. Seine Mimik verändert sich. »Du wagst es, Forderungen zu stellen, du kleine Lustsklavin? Was glaubst du, wer du bist? Du findest wohl auch noch Gefallen an unserer Behandlung? Aber dir werden wir's zeigen. Dreh sie bitte auf die Seite, Manu.«

Manu legt seine warme Hand an meine Hüfte, mit der anderen umfasst er meinen Po und dreht mich. Die linke Handfessel zurrt sich fester um mein Gelenk.

»Schließ die Augen!«, befiehlt Levin.

Ich widersetze mich nicht. Viel zu sehr gefällt mir seine überlegene Rolle.

»Manu, ich überlasse dir ihre Bestrafung.«

Manu überlegt nicht lange, holt aus und schlägt mir mit der flachen Hand aufs Gesäß, einmal, zweimal, der Po schmerzt, dreimal, es brennt, viermal, ich falle, fünfmaaal, zum Schmerz kommt die Lust, sechsmal, mein spitzer Schrei.

»Wann werdet ihr mich losbinden?«, frage ich und hoffe, dass es noch andauert.

»Losbinden?« Manu flüstert mir ins Ohr: »Wenn wir dich so richtig bearbeitet haben. Das war nur der Anfang.«

Die Männer lösen meine Handfesseln, drehen mich ganz auf den Rücken und dringen nun abwechselnd in mich ein.

Zuerst Levin, der sich ein Kondom überstreift und nicht lange überlegt, er rammelt drauflos und braucht keine zwei Minuten, bis er das erste Mal kommt, ich bin gerade mal warm geworden. Dann Manu, ausgiebig, fordernd, sein Dildo erschlafft nicht. Er beißt abwechselnd in meine Nippel und streichelt sanft meine Möse, bis ich komme.

Dann wieder Levin, er bindet mich los und befiehlt mir, mich auf dem Bett in die Hundestellung zu begeben. Von hinten dringt er in mich ein, massiert meine Brüste, beim zweiten Mal lässt er mir mehr Zeit, so ähnlich hab ich es mir mit ihm schon in Gedanken ausgemalt. Er fühlt sich nah und doch so aufreibend neu an. Sein Schwanz gräbt sich tief in mich hinein, füllt mich aus, es überkommt uns unerwartet mit einem Mal, gleichzeitig stöhnen wir auf.

Dann wieder Manu. »Danach werden wir dich gehen lassen«, sagt er. »Aber zuerst wirst du den Dildo in dich aufnehmen.«

Ich lächle. Ich weiß ja, was mich erwartet. Aber weit gefehlt. »Massier jetzt Levins Schwanz, bis er steif wird, und dann setz dich auf ihn und nimm ihn in dich auf.«

Ich gehorche. Levins Schwanz wächst rasch unter meinen Handbewegungen. Wie befohlen setze ich mich auf ihn und schiebe seinen Ständer in meine noch immer feuchte Möse. »Beweg dich«, befiehlt die weiche Stimme.

Manu legt seine Finger auf meine Pobacken. Er muss den Plastikdildo mit einem kalten Gel eingerieben haben, dessen Spitze drückt sich gegen meinen Anus und dringt leicht in mich ein. Ich reite den einen, zugegeben, ich werde langsamer, was Manu da von hinten mit mir anstellt, das hab ich nie ausprobiert, aber er ist vorsichtig.

Es zieht, wenn er in mich hineinfährt, aber mit jedem Mal wird es wärmer und wenn er den Dildo dann fast rausnimmt, tritt eine Entspannung ein, ein Glücksgefühl wie das Fallen auf weiche Kissen aus einiger Höhe. Du erwartest den Aufprall, aber wirst geborgen. Er zieht ihn ganz heraus, massiert meinen Po und seine Öffnung, bevor er wieder in mich eindringt, diesmal ein Stück weiter. Ich bewege mich vorsichtig auf und ab. Bei jeder Bewegung stöhne ich auf.

Der Raum, Levin, Manu, sogar ich selbst verschwinden und übrig bleibt unser Stöhnen und die Erlösung im Höhepunkt. Wir kommen alle, nacheinander, durcheinander, machen so lange weiter, bis wir langsamer werden und schließlich ganz zum Stillstand kommen. So liege ich losgelöst zwischen den beiden Männern, den Kopf auf Levins Schulter, die Hand in Manus Hand. Dämmerwelt. Manus zarte Finger, kaum größer als meine, seine Haut, weich und zart.

Levin ist eingeschlafen. Manu lächelt mir zu, den Plastikdildo hat er abgelegt, meine Fußfesseln gelöst. Ich kann es nicht lassen, fahre seine Beine vorsichtig hinauf bis vor sein Geschlecht, öffne seine Hose, lächle, will ihm einen blasen, aber meine Zunge leckt eine Möse.

Frauenbeine, das kann jetzt nicht sein. Doch, doch eine Frau, ich weiß nicht, er, sie hat es mir besorgt, mich glücklich gemacht, der Dildo … Ich höre Levins gleichmäßige Atemzüge. Manu lächelt und bietet mir ihren Arm.

Ich will nichts mehr, die Wünsche befriedigt, zerliebte Mattheit in den Kissen. Ich zögere, dann kuschle ich mich bei ihm, bei ihr an, meine Augen fallen zu. Ich erwache in eine Decke gehüllt. Levin schüttelt mich sanft. Manu ist verschwunden. Wünsche versenken …

»Wach auf, Fee. Die Party ist vorbei. Es ist schon 7 Uhr. Komm, ich begleite dich.«

Jetzt möchte ich mich nicht im Spiegel sehen. Die Schminke verschmiert, die Frisur verwüstet, unsanft aus Träumen gerissen. »Wo ist … ?«, will ich fragen.

»Manu musste schon los«, antwortet er, aber sie hat mir ihre Visitenkarte für dich gegeben.« Er reicht sie mir, ich wende sie. Die Rückseite ist weiß. Kein persönlicher Gruß. Auf der Vorderseite in kleinem, schnörkellosem Druck *Manuela Mettensen*, darunter die Anschrift und ihre Handynummer. Die Karte ziert ein Drachenemblem. Sie lebt in Köln.

Levin schließt die Tür auf, ich folge ihm die Treppe nach oben. Schwere Schritte. Geradeaus zur Garderobe. Ich greife meine Tasche. Levin zeigt mir das Badezimmer, die Gästehandtücher, die Dusche. Warmes Wasser regnet auf meinen Körper, fallenlassen, fallen, lassen, Mandel … Mandelmilchduschgel, trockenreiben. Da klopft einer. »Ich muss auch rein.«

Notdürftig föhnen und anziehen, der Versuch einer Frisur, Bad freigeben. Levin drückt mir einen Milchkaffee in die

Hand. Wir trinken im Stehen. Einzelne Männer und Frauen im Wohnzimmer, müde Blicke, ein Lächeln umgibt ihre Lippen.

Irgendjemand muss aufgeräumt haben. Das Buffet ist abgebaut, die schwarzen Ledersofas vom Morgen in Licht getaucht, draußen lachen Kinder.

»Ich muss«, sage ich. Levin stürmt mir hinterher, drückt mir einen schnellen Kuss auf die Wange. Seine Hand zittert, als er mir seine Karte überreicht. »Ich würde mich freuen, wenn wir uns wiedersehen könnten. Wir müssen das ja nicht dem Zufall überlassen«, sagt er.

»Ja, wenn Zeit vergangen ist. Manchmal will ich mich verlieren.«

Er nickt. Wir werden uns wiedersehen, Levin und …

Ich drehe mich nicht um. Die Tür fällt ins Schloss.

*

Carla studiert die Gesichtszüge ihrer besten Freundin. Wie konnte ihr das entgehen? Wie konnte sie so etwas vor ihr verbergen? »Ist das wirklich alles wahr? Ich meine, du siehst die beiden doch nicht immer noch?«

Nike stützt sich mit einer Hand auf der Decke ab, die andere liegt auf Lanas Schultern. Tessa nimmt einen großen Schluck Wein, dann platzt es aus ihr heraus: »Nur die erste Geschichte kann wahr sein, Carla. Nike ist zu diesem Club nach Hamburg gefahren. Könnt ihr euch an einen Levin bei der Premiere erinnern oder an einen Typen, der so aussah? Also ich nicht. Ich kann mich nur erinnern, dass du dich den ganzen Abend mit diesem athletischen Amerikaner unterhalten hast. Wie hieß der noch? Jack Boland? Und der hatte rotes Haar …«

Nike atmet hörbar auf, will etwas sagen, aber Carla fährt dazwischen: »Mit deiner Analyse, Tessa, kommst du nicht weit. Vielleicht ist Levin eine konstruierte Figur. Es ist durchaus möglich, dass wir den realen Mann kennen. Aber Nike ist viel zu schlau, um uns einen Bekannten so zu beschreiben, dass wir ihn identifizieren können. Trotzdem könnte der Rest der Geschichte wahr sein. Warum sollte Nike zu einem blöden Club nach Hamburg fahren?«

Nike setzt mit einem »Ja, also, so …« an, aber diesmal unterbricht sie Lana, setzt sich dicht neben sie und legt ihren Zeigefinger auf Nikes Lippen. »Lasst ihr das Geheimnis.«

»Jetzt sag aber mal«, drängt Carla, »mir ist es ja ganz egal, welche Geschichte wahr ist, aber ich glaube, wir sollten uns unterhalten. Wie kannst du solche Geheimnisse …«

»Jetzt schwing bloß nicht die Moralkeule, Carla«, ereifert sich Lana. »Deine Abenteuer waren ja auch nicht von schlechten Eltern. Und nebenbei hast du durch sie zu deiner wahren Identität gefunden. Warum sollte Nike nicht das Gleiche tun? Klar, weiß Christian nichts davon, aber wie hätte sie sich sonst verhalten können? Es ihm sagen? Ihn mitnehmen? Zu was hätte das denn geführt? Christian ist doch wohl kaum der Typ, der seine Freundin ans Bett fesselt und sie mit einem Riesendildo vögelt, der sie mit anderen teilt und ihr gegenüber dominant auftritt. Oder hätte sie ihre Wünsche ein für alle Mal begraben sollen, nur nicht anrühren, um dann ein scheinheiliges Glück zu leben? Was willst du eigentlich, Carla?«

»Moment Mal«, entgegnet Carla. »Ich verurteile Nike doch nicht. Im Gegenteil, sie ist schließlich meine Freundin. Nur … was ist das für eine Perspektive? Und dann noch Manu, der sich als Frau entpuppt. Nike ist nicht lesbisch, sie wollte Manus Schwanz in sich spüren, so ein Dildo ist eben kein Ersatz. So ein kaltes Ding aus Plastik hat ja nicht mal ne Vibrationsfunktion. Dabei geht's doch nur ums Rammeln und um so einen Männermythos wie einen vaginalen Orgasmus. Also den glaub ich dir nicht, Nike. Ich hatte noch keinen und mein Singlesexleben bringt unterschiedliche Männer in mein Bett. Und die sind unterschiedlich begabt und ausgestattet, aber ein vaginaler Orgasmus ist mir nie untergekommen.«

Nike erwidert nichts. Die Diskussion rauscht an ihr vorbei. Eine Hand spielt mit dem Gras, die andere nimmt ihr Rotweinglas und führt es an die Lippen, deren Innenseiten sich dunkelrot färben. »Darf ich?«, fragt sie und deutet auf Lanas Schoß. Lana nickt. Nike legt vorsichtig ihren Kopf auf Lanas Schenkel. Der Himmel spannt sich weit über ihr, Sterne funkeln.

»Da fällt mir was ein«, spricht Tessa in die Runde. »Also das ist jetzt mein Beitrag, meine kleine, persönliche Geschichte. Oh je, das kostet Überwindung. Bin ich froh, dass ich schon ein paar Gläschen intus habe. Aber ihr habt es ja auch geschafft.«

Tessas erste Geschichte

Vom Flippern und Unkrautjäten

Also ... ich hatte noch nie einen Orgasmus mit einem Mann, weder einen vaginalen noch einen klitoralen. Auch nicht mit einer Frau, falls ihr das jetzt denkt. Aber dank meiner kleinen Sammlung komme ich schon auf meine Kosten. Also sag nichts gegen Dildos und Vibratoren, Carla. Ich hab unterschiedliche in Form, Farbe und Größe. Schön ist der Delphin, den kennt ihr bestimmt, also den nehme ich gern mit unter die Dusche oder noch besser in die Wanne.

Mein Mann stöhnt immer, wenn ich baden gehe. »Das dauert und dauert. Möchte mal wissen, was du da so lange treibst.«

Ich schaue ihn verdutzt an. »Baden, was glaubst du denn? Ich genieße diese kleinen Oasen der Ruhe.« Er nimmt mir das ab. Für ihn bin ich das Muttertier, das mal Entspannung sucht.

Ganz einfach ist das nicht, meine Sammlung ins Bad zu schmuggeln, während er seine Schreibarbeiten erledigt, die Kleine versorgt oder unseren Haushalt auf Vordermann bringt. Ich verstecke sie in einem Kulturbeutel im Kleiderschrank. Gleich hinter den Pullovern. Dort würde Marc niemals etwas suchen.

Wenn er gerade abgelenkt ist, beeile ich mich, vom Kleiderschrank zum Bad zu kommen. Dort dreh ich dann den CD-Spieler auf, damit niemand was mitkriegt, schließ die Tür ab und zünde ’ne Menge Kerzen an. Im warmen Wasser kann ich gut entspannen. Ich stell mir meinen Traummann vor.

Also nicht, dass ich unglücklich wäre. Marc und ich, wir passen wirklich gut zusammen. Er ist eine echte Hilfe. Wir haben gemeinsame Interessen und Freunde, er versteht mich wie die beste Freundin und er ist ein wundervoller Vater. Ich würde das nicht anders wollen.

All den Stress, den ihr oft habt, wegen Sex und Anziehung und Erotik, unsere stundenlangen Telefonate – ich mein das jetzt nicht als Vorwurf, ich hör euch ja gern zu. Aber nee, da ist mir ein harmonisches Familienleben wichtiger. Und für die Erotik, so wichtig ist die ja auch nicht, da gibt’s also meine Sammlung.

Marc kriegt das nicht mit und ich pass schon auf, dass er nicht zu kurz kommt. So ein- oder zweimal im Monat nehmen wir uns Zeit. Dann ist es auch ganz schön, er streichelt mich viel und so tut es nicht weh. Aber anregend ist es jetzt nicht, also eher anstrengend, ehrlich gesagt.

Der Delphin, bei dem war ich stehengeblieben und bei den Kerzen und so, mit dem reibe ich mich da unten, zu Hause haben wir *Schurimuri* dazu gesagt, ich find das ganz lustig, klingt freundlich, irgendwie.

Ich schalte den Vibrationsmodus auf die erste Stufe und lege den blauen Tümmler erst mal an die Oberschenkel. Ich kann das nicht auf Knopfdruck, ich brauch da Zeit. So wie Lana – diese sexuelle Kraft – oder auch Nike, meine Güte, da würde ich Panik kriegen.

Dann entsteht langsam ein Bild. Ihr kennt das bestimmt. Jeder kennt das doch. Also … ich rede von so einem Mann, den man heimlich anhimmelt und begehrt. Man kennt ihn flüchtig, man hat eine distanzierte Beziehung zu ihm. Vielleicht ist er der Dozent, der Hausarzt, der Nachbar oder der Flötenlehrer.

Man kriegt ihn aber nicht aus dem Kopf, weil er immer präsent ist. Er schwirrt ständig um einen herum, man kommt nicht an ihn heran. Er bietet Raum für Phantasien. So einen Mann stell ich mir vor.

In Ordnung, ich sag's konkret. Ich seh es euch an, mit weniger seid ihr doch nicht zufrieden. Also … seit die neuen Nachbarn eingezogen sind – unsere Gärten grenzen ja aneinander –, da begegnen wir uns häufiger, besonders am Wochenende.

Ich pass auf Lisa auf, die spielt in der Sandkiste, während ich die Büsche stutze und Unkraut jäte. Über die trennenden Sträucher hinweg ruft er mir »schönen Morgen, Frau Weber« zu.

»Guten Morgen«, grüße ich zurück.

Er ist anders als Marc. Ich meine, seine Frau ist hochschwanger, aber die scheinen beide so entspannt. Sie ist Sängerin oder so was. Klingt gut, wenn sie übt, Mozart tagein, tagaus. Besonders oft die Arie der Gräfin aus *Figaros Hochzeit*. Die beklagt die Untreue des Grafen.

Und er sitzt im Liegestuhl und liest die *taz* oder ein Sachbuch. Strahlt Gelassenheit aus, wie er da so sitzt und liest, mit der Brille auf der Nase und den halblangen dunkelblonden Haaren, die im Sonnenlicht einen goldenen Schimmer bekommen.

Stundenlang kann er so vertieft in seine Lektüre im Stuhl sitzen, während die Schwangere ihre Arien übt. Jetzt mal im Gegensatz zu Marc, der ist immer etwas nervös, ruft im Krankenhaus an, wenn Lisa hinfällt, und redet ständig auf mich ein. Also, Marc hat fast schon weibliche Eigenschaften, immer freundlich und etwas zu aufgedreht und besorgt. Ich mag das ja und brauch das auch. Im Grunde sind wir uns ziemlich ähnlich, Marc und ich.

Aber der Nachbar, Jonas, heißt er, der hat so was männlich Überlegenes. Ich will ihm gefallen. Das hat sich ganz von allein eingeschlichen. Seine Frau hat diese glockenhelle Stimme, zu der ihr Armband im Takt ihrer Schritte klimpert.

Wie gern wäre ich ein bisschen wie sie, weniger rund vor allem. Ja sie hat diesen Schwangerschaftsbauch, aber sonst … Sie ist größer als ich und geschmeidig in ihren Bewegungen, nicht so ungelenk.

Und der Nachbar gefällt mir auch. Aber natürlich unternehme ich keine Annäherungsversuche. Ihr kennt mich ja, meine Ehe geht mir über alles und seine Frau ist schwanger und überhaupt wäre ich gar nicht sein Typ. Aber ich schau ihn schon gerne an, so durch die Rosen und Sträucher und manchmal ertappt er mich dabei, lächelt dann freundlich zurück und sagt gar nichts.

In der Wanne setze ich meine Tagträume um. So ein Vibrator ist auch viel zuverlässiger als jeder Mann. Da bin ich nicht so unter Druck, muss nicht mithalten oder noch lange erklären, bis es mir gefällt. Das will ich nicht. Ist ja auch peinlich.

Selbst wenn ich ertappt würde, mit dem Vibrator, mein ich, wäre es keine Katastrophe. Mein blauer Delphin, ganz biegsam ist er, zwanzig Zentimeter lang mit vier Zentimetern Durchmesser, ein gutes Stück Mann also, der macht ausschließlich, was ich möchte.

Ich kenne meinen Körper, ich weiß, wo es schön ist. Ich lasse den Delphin zur leisen Musik meinen Kitzler streicheln, ganz zart. Flippern, steht auf der Beschreibung. Der hat so eine leicht geöffnete Schnauze, die ist toll für den Kitzler, das meinen die, wenn sie flippern sagen.

Also, ich bewege mich im warmen Wasser, fühle mich da ganz leicht. Keiner dabei, der mich sieht. Ich streichle meine Brüste, auch ganz sacht, stell mir vor, das wären die Hände vom Nachbarn, der ist einfach durch die Sträucher gestiegen.

»Schönen Morgen, Frau Weber.«

Ich erschrecke mich derart, dass mir der Schlauch aus meiner Hand fällt und mich nass spritzt. Ich stehe da wie ein begossener Pudel. Unter meinem weißen Spaghetti-Top zeichnen sich meine Nippel ab. Die sind ganz steif geworden vom kalten Wasser. Meine nackten Füße graben sich in die feuchte Erde. Der Sonnenhut sitzt schief.

Marc ist mit Lisa im Park. »Entspann dich mal. Ein paar Stunden nur für dich.«

Jonas nimmt meine Hand, seine ist ganz warm von der Sonne. Er sagt nichts weiter, zieht mich aber in seinen Garten – das Gras wächst da hoch –, von da aus ins Wohnzimmer. »Meine Frau besucht ihre Freundin. Die genießen den Tag miteinander.« Zärtlich berührt er meine Wange. »Sie ahnen gar nicht …«

Er bricht ab, nimmt meinen Kopf in beide Hände und küsst mich. Im Bauch fühlt sich das so warm an. Ich kann nicht anders. Ich öffne seine Hose. Die Knöpfe seiner Jeans klemmen. Er hilft mir. So geht es leicht. Ich streife ihm das T-Shirt ab, zarte Muskeln zeichnen seine Oberarme. Er steigt aus seiner Jeans, darunter trägt er nichts.

Sein schlanker Körper. Meine Hände verirren sich auf seiner Haut. Seine Brusthaare sind rasiert, er fühlt sich weich an. Ich küsse seine Nippel. Mann, wie der duftet. Gewöhnliches Nivea-Aftershave. Ich kann nicht sagen warum, aber ich steh total darauf. Die Kerzen flackern und spiegeln sich im Wasser.

Wie von selbst finden seine Hände zwischen meine Schenkel. Er schält mich aus den nassen Shorts und dem Top. Darunter trage ich schwarze Spitzenwäsche. Habe ich mir gestern erst gekauft, für die Tage im Garten, wer weiß, was noch passiert. Gekonnt öffnet er meinen BH, streift mir das Höschen herunter. Seine Hände immer noch zwischen meinen Schenkeln. Da berühre ich mich jetzt, höher hinauf …

»Tessa, bekommt Lisa Saft zum Abendessen oder soll sie Milch trinken?«

Oh, Mann.

Ich meckere: »Entscheide du doch mal! Ich bade.«

»Okay.«

Also weiter.

Jonas fährt mir durch die Haare, hat einen Ständer. Er zeichnet meine Silhouette nach, verliert nicht viele Worte, schiebt mich aufs Sofa. Dort legt er sich auf mich, unsere Lippen treffen aufeinander, unsere Zungen ertasten sich.

Ich streichle meine Brüste, er saugt an meinen Nippeln. Sein Schwanz drängt sich gegen meine Möse. Ich öffne meine Beine, der Delphin flippert an meinem Kitzler, sein Schwanz gleitet in mich, ich stelle den Regler für die Vibration höher, unterdrücke ein Stöhnen; will es hinauszögern, aber nicht abflauen lassen. Jonas' Berührungen vibrieren auf meinem Körper, meine Hände streicheln meine Seiten entlang. Jonas lässt mich erzittern, der Delphin flippert schneller, wir verschmelzen ineinander, das Wasser schwappt über den Rand, meine Hand am Nippel, bis ich komme.

Love is all around you.

Ja, ja. Heute der Delphin, bald die anderen Vibs. Es gibt derart viele Männer, 'tschuldigung, Vibratoren, meine ich. Den Curve Dildo zum Beispiel, den muss ich unbedingt testen. Der sieht nett aus, ist wie eine Schlange gewunden und hat einen Aufsatz für den Kitzler an seinem Schwanz. Den gibt es leider nur in Pink. Na ja, und den Glasdildo. Im Internet ist er als Wellenwurm beschrieben. Den kauf ich mir nächsten Monat, den gibt's auch mit blauen Farbeinsprengseln, hypoallergen ist er und kostet nicht sehr viel.

Ach ja, Mädels, die Jellyvariante, kennt ihr die? Auch in Wasserdicht zu bekommen. Leider hab ich sie nur in der 14-cm-Ausgabe. Normale Schwanzgröße. Ein bisschen klein, wenn ihr mich fragt, aber besonders leise in der Vibration. Erinnert im Material an Jellys, ihr wisst schon, die amerikanischen Süßigkeiten.

Oh je, jetzt hab ich aber geplaudert. Ich hör besser auf, sonst klingle ich noch beim Nachbarn, betrunken genug bin ich ja.

*

»Ach, Tessamaus.« Lana neigt ihren Kopf. »Du bist so niedlich. Vielleicht solltest du's einfach mal drauf ankommen lassen mit dem hübschen Nachbarn. Du lebst doch nur einmal. Ewig mit Marc, ich weiß nicht. Spielzeuge sind doch kein Ersatz, also auf Dauer, meine ich. Sex muss deine Seele packen und von innen nach außen kehren.«

Während Lana drauflosplappert, streichelt sie durch Nikes Haar und trinkt Zug um Zug. Sie reicht Nike ihr Glas. Die versucht im Liegen zu trinken, aber es gelingt ihr nicht. Der Wein kleckert, rinnt von Nikes Hals über Nikes Dekolleté, bis Lana ihr eine Serviette reicht.

Nike starrt in den Sternenhimmel. Dann schließt sie die Augen und summt vor sich hin. »Klingt doch schön«, bemerkt Lana. »Vielleicht solltest du vor dem Anwaltstreffen ordentlich bechern. Offenbar befreit das deine Stimme.«

»Jaja, klar doch.« Nike fährt mit einem Ruck hoch. Ihr Blick ruht auf Lana. »Wie ist das denn bei dir? Wenn du Sex mit einer Frau hast ... da nehmt ihr doch sicher Vibs und Dildos. Sind die dann ebenso – wie hast du gesagt – *kein Ersatz?* Lesbischer Sex wäre dann ja auch nur eine Art Selbstbefriedigung.«

Lana verteidigt sich nicht, hält jedoch Nikes Blick stand.

»Das ist doch Blödsinn«, mischt sich Carla ins Gespräch. »Wenn Lana mit einer Frau schläft, hat das nichts mit Selbstbefriedigung zu tun. Und dein SM-Erlebnis genauso wenig. Auch dann nicht, wenn Vibratoren oder Dildos im Spiel sind. Da haben zwei Menschen miteinander Sex. Bei Tessa hingegen sieht man, dass Selbstbefriedigung kein Ersatz für irgendetwas, sondern eine ganz eigenständige Form der Sexualität ist. Die hat sogar manche Vorzüge gegenüber dem gewöhnlichen Sex. Man darf sich ganz unbeobachtet und frei seinen Phantasien hingeben. Man kann fremdgehen sozusagen. Dabei wird keiner verletzt, schlechtes Gewissen ist nicht nötig. Kein Risiko. Ein Freiraum, in dem man sich ungestört und ohne Erfolgsdruck entwickeln kann ...«

»Schwachsinn!« Lanas Blick ruht immer noch auf Nike, als sie Carla unterbricht. »Selbstbefriedigung hat doch nichts mit Fremdgehen zu tun. Also, ich mach's mir auch gerne mal allein. Selbst wenn ich einen Freund habe. Aber ich kann dir sagen, Tessa, für mich ist Selbstbefriedigung eine nette Abwechslung, nicht der sexuelle Kilimandscharo. Ich will nicht gemein sein oder so, will dich nur ermutigen. Damit du wenigstens sagen kannst: Ich habe es gemacht; es ist mein Ding oder meinetwegen eben nicht. Jetzt trink noch einen Schluck und wenn du dann bei Jonas klingelst, wird sich schon zeigen, ob der Mann hält, was er verspricht.

Nike schüttelt den Kopf. »Wenn Onanie die befriedigende Alternative zum Betrug ist, lebst du damit besser, Tessa. Lass dir bloß nichts einreden. Wir haben alle zu viel getrunken. Schau dir mal Lana an. Noch durchgeknallter als sonst.« Lana will protestieren. Da ergänzt Nike grinsend: »Und umso faszinierender … Erzähl einfach weiter, Tessa.«

Tessas zweite Geschichte

Einführung

Wo du dir Selbstbefriedigung als Sex vorstellst, der bei mir nie Erfüllung findet, Lana, wirst du jetzt aufhorchen. Dildos und Vibratoren lassen sich schließlich nicht nur allein benutzen. Im ersten Semester Sozialpädagogik an der FH nehme ich an der Einführungswoche teil. Hoffe natürlich, Leute kennenzulernen. Da sitzt mir einer gegenüber, mit kastanienbraunen Haaren, ein bisschen wuschelig, mit kleinen Locken. Er hat Sommersprossen, die ihm quer über die Nase laufen.

Die Tutorin – Sabine heißt sie – eröffnet die Vorstellungsrunde. Wir sind drei Männer und sieben Frauen. Die Holztische sind u-förmig aufgestellt. Sabine sitzt an einem Pult vor der Tafel. »Also, ich lerne hier ganz viel für mein späteres Berufsleben. Besonders in den Praxissemestern …«, sagt sie. Der Student gegenüber lächelt mich an. Seine grünen Augen leuchten. »Und das Beste ist: Alle haben ein offenes Ohr füreinander«, schließt Sabine ihre kurze Rede ab und gibt das Wort an den Wuschelkopf weiter.

Er wendet den Blick von mir ab. »Ich heiße Jean-Luc. Ich bin halb Franzose, halb Deutscher. Bin aber in Berlin geboren. Nach dem Abi hab ich Zivildienst gemacht. Da war ich in einer Jugendwohnung mit psychisch kranken Teenagern. Daraufhin wusste ich, was ich studieren will. Vorher bin ich aber durch Südamerika gereist. Wollte etwas von der Welt gesehen haben, bevor ich Bücher wälze. Ich bin schon total gespannt, was mich hier erwartet.«

Der Typ neben ihm ist jetzt dran, er stellt sich als Hermes Müller vor. Ich muss ein Kichern unterdrücken. Er ist klein und wippt ständig mit den Füßen.

Eine schmale Frau mit Hornbrille löst ihn ab. Sie heißt Alicia, kommt aus Hamburg und will gar nicht nach Berlin, weil sie ihren Freund in der Alsterstadt zurücklassen musste. Aber sie hatte keine Wahl. Die anderen sehen sie betroffen an. Jean-Luc interessiert das alles nicht. Er zwinkert mir zu. Hinter Alicias Hornbrille glitzern kleine Tränen. Jetzt bin ich an der Reihe.

»*Ähm* ... ich bin Tessa, 21 Jahre. Ich bin in Saarbrücken aufgewachsen, falls euch das was sagt ...« Leider lacht niemand. »Also aus dem Saarland. Jetzt freue ich mich auf mein Leben als Studentin.« Ich feuere die Worte im Staccato ab, bin froh, dass ich endlich fertig bin. Jean-Luc hängt an meinen Lippen. Alle sehen mich so erwartungsvoll an. Auch Jean-Luc, aber der lächelt wenigstens. »Ich freue mich schon aufs Studium«, füge ich verzweifelt hinzu.

Jetzt sind sie zufrieden. Die restlichen sechs stellen sich vor. Ich bekomme nichts mehr mit, weil Jean-Luc mit mir Augenkontakt hält und mich beständig anlächelt.

»Schön«, meint Sabine. »Damit wären wir durch.« Sie trägt ihre blonden Haare zu einem Zopf gebunden. »Jetzt ist offenes Kennenlernen angesagt. In der Kaffeeküche, gleich nebenan, stehen Getränke und Kekse. Werft einfach fünfzig Cent in die Kaffeekasse. Ich bin um 15 Uhr wieder hier. Dann besprechen wir eure Stundenpläne ...«

Als die Tutorin endet, kommt Jean-Luc an meinen Tisch. »Zwei Stunden hier bleiben? Passiert doch eh nichts. Ich wohne um die Ecke. Trinken wir da Kaffee? Ist viel gemütlicher und Milchschaum zum Espresso gibt's auch.« Er stützt sich auf meinem Tisch ab, beugt sich leicht zu mir herüber. Ich erwidere nichts. Bin geplättet von seinem selbstbewussten Auftreten und diesen blau-grauen Augen. Meine Hand fährt durch meine Haare, die waren damals kinnlang, so ein Zwanziger-Jahre-Schnitt. Ich lächle ihn zögernd an, meine Knie zittern.

»Na komm schon. Unser erster Tag an der FH, da muss doch was abgehn.« Der kann sich die Mädels bestimmt aussuchen. Ein *Beau* in einem Studiengang mit Frauenüberschuss. Aber was will der ausgerechnet von mir?

Er steht noch immer da, lächelt charmant und wartet auf meine Reaktion. Ich nicke und lächle zurück, diesmal sicherer, packe meine Sachen und gehe hinter ihm her, die Treppe runter, raus aus der Uni.

Draußen ist es Herbst, wir gehen abwechselnd über Asphalt und Laub. Ich kann die Kälte riechen. Meine Ohren und die Nase frieren, unser Atem bläst kleine Wölkchen in die Luft. Er hat einen zügigen Gang, ich muss mich bemühen, Schritt zu halten.

Jean-Luc wohnt im vierten Stock.

»Eine Zweier-WG«, sagt er, »Altbau und Dielen. Schön, oder? Setz dich in die Küche, ich mach den Kaffee.«

Ich drücke mich auf das durchgesessene Sofa, das mit abgeschabtem grünen Samt bezogen ist. Ein riesiger Berliner Stadtplan klebt an der Wand darüber. Eine Ecke hat sich gelöst und hängt herunter.

Jean-Luc mahlt Espressobohnen, löffelt das Pulver in den Kocher und stellt ihn auf den Gasherd. Die Küche ist schlauchförmig. Geschirr steht auf den Ablagen rechts und links. Seine rotweißgetigerte Katze streicht mir um die Beine und miaut. Ich weiß nicht, ob ich bleiben soll.

Er schäumt Milch in zwei großen weißen Schalen auf und kippt den Espresso dazu. Als er mir eine der Schalen – »bol«, sagt er dazu – in die Hand drückt, merke ich, wie heiß sie ist. Angenehm nach der Kälte draußen. Der Milchkaffee schmeckt genau richtig. Er setzt sich neben mich aufs Sofa, stellt Fragen über Fragen. So lange, bis er alles weiß: über meine verrückte Mutter, über meine Sehnsucht nach einer eigenen Familie und zuletzt sogar ... dass ich verklemmt bin. Er lächelt, ist behutsam, mit jeder neuen Frage öffnet er eine innere Schranke und als er zuletzt sagt: »Was ist dein größtes Sexgeheimnis?«, da flüstert er und legt seine Hand auf meine.

Ich stelle den Milchkaffee ab, er schwappt bis an den Rand. Ich muss es ihm erzählen und schüttele zugleich den Kopf über mich selbst. »Ich hatte noch nie einen Orgasmus.« Jetzt ist es raus.

»Und deins?«, frage ich vorsichtig.

»Du bist so scharf«, sagt er und lächelt dabei ganz gelassen, als spräche er übers Wetter. Ich frage mich kurz, wie das gemeint sein könnte, und versuche zurückzulächeln, aber es gelingt mir nicht, weil er mit einer fließenden Bewegung seine Schale auf den Tisch stellt, mein Gesicht zu sich zieht und mir seine Zunge in den Mund steckt.

Ich werde feucht, als er mir im nächsten Moment den grauen Pullunder und die Bluse auszieht. Seine Haut ist gebräunt, den Händen fehlt Feuchtigkeit, sie sind angenehm rau. Er zieht sich aus, ganz nackt und schmal steht er vor mir, sein Schamhaar, kleine, sich kräuselnde Locken.

Meinen schwarzen Faltenrock hat er mir schon ausgezogen. Das erste Mal, dass ich einen knielangen Rock anhabe. Ich trage nur noch meinen weißen Sport-BH, den passenden Slip dazu und meine Strumpfhosen. Auf Erotik war ich nicht eingestellt.

Sein Schwanz steht, obwohl ich ihn da gar nicht berührt habe. Jean-Luc will mir die Strumpfhosen ausziehen, aber das ist mir jetzt zu viel. Ich schüttele den Kopf.

»Komm«, sagt er und zieht mich in sein Zimmer. »Mach's dir bequem.« Er deutet auf sein Bett, eine Matratze mit weißem Laken, dreht die Heizung auf und zündet einige Teelichter an.

Ich steh da noch immer in der Strumpfhose rum. In der sehe ich aus wie in einer Wurstpelle. Weil ich mich nicht entschließen kann, was ich tun soll, sehe ich mir sein Zimmer an. Auf dem Unterteil einer weiblichen Schaufensterpuppe liegt sein Telefon. Die weißen Bücherregale, die ausnahmsweise nicht von Ikea sind, stehen hinter seiner Matratze. Eine abgewetzte braune Ledercouch, an der die Katze – Ninette nennt er sie – ihre Krallen geschärft haben muss, davor ein nierenförmiger Tisch. In der Ecke ein Vorfahrtschild. Er folgt meinen Blicken.

»Hab ich mal geklaut. Fällt unter Jugendsünden.«

Er gibt mir einen kleinen Schubs. Ich lasse mich mit dem Rücken aufs Bett fallen, bleibe so liegen.

»Ich hab da was für dich«, sagt er. »Warte kurz.« Er läuft ins Zimmer gegenüber, einfach so, eine Schublade quietscht. Meine Hände streichen über seine Bettdecke, mein Herz pocht laut gegen die Rippen.

»Aha«, höre ich seine Stimme. Die Schublade quietscht wieder. Jean-Lucs nackte Füße tappen zurück über die Dielen. Er grinst. Die Hände hält er hinter seinem Rücken versteckt.

»Rate mal, was ich mitgebracht habe.«

»Keine Ahnung«, flüstere ich. Er schraubt an etwas. Es beginnt zu surren. »Ist das ein Vibrator?«, frage ich. »Wo hast du den denn her?« Er legt sich zu mir aufs Bett. »Mach dir keine Gedanken, der gehört 'ner guten Freundin, ich darf das.«

Ich schweige und er fügt hinzu: »Ich kauf ihr einen neuen. Schau mal, der ist doch schön. Klein und rot wie ein Lippenstift, passt in eine Handtasche und ist nur für den Kitzler. Hab gleich an ihn gedacht, als du mir von deinem Geheimnis erzählt hast. Schon mal probiert?«

Ich schüttle den Kopf, will mich aufrichten, raus aus dieser Käferposition. Da schubst er mich leicht zurück. Sein Lächeln balanciert zwischen sanft und verschmitzt. Er legt sich auf mich, streichelt über mein Haar.

Mir schwirren die Gedanken. Seine Lippen sind weich. Sie küssen mich auf den Mund und die Nase. Ich muss kichern, denke an erste Küsse, an Marcel aus der Tanzstunde und an die Pferdekoppel.

»Was ist so komisch?«, fragt Jean-Luc und weil ich nicht über ihn lache, revanchiere ich mich. Ich schlüpfe aus meiner Strumpfhose. Er sieht mich an, murmelt was von »wunderbar« und »sexy« und so. Das rauscht an mir vorbei, seine Blicke fesseln mich und seine schmalen Hände befreien mich nach und nach aus dem Sport-BH und meinem Baumwollhöschen.

Sein Schwanz passt zu seinem Körper: schlank und gerade. Er streichelt die Innenseiten meiner Schenkel und bedeckt sie mit Küssen. Draußen kommt Sturm auf, kleine Regentropfen prasseln an sein Fenster, der Himmel verdunkelt sich. Die Heizung tickt leise. Er spreizt meine Beine, sucht in einem Kasten neben der Matratze und zieht dem Vibrator ein Kondom über.

Er lässt mich an seinem Zeigefinger saugen und benetzt damit meine Klitoris. Der Minivibrator surrt. Seine Finger spalten meine Schamlippen, dann spüre ich den Vibrator, er bewegt ihn auf und ab. Immer mal wieder trifft er auf meinen Kitzler. Dabei liegt Jean-Luc zwischen meinen Beinen. Sein Ständer ist warm, er schmiegt sich an mich. Er kniet über mir. Den Vib legt er direkt auf meinen Kitzler, seine Schwanzspitze steckt er in meine Möse. Ich stöhne. Er zieht die Schwanzspitze heraus.

»Was soll das?«, denke ich und presse die Lippen aufeinander.

»Moment«, flüstert er, greift wieder in den Kasten und zieht ein Kondom über seinen Ständer, bevor er ganz in mich hineingleitet.

Ich bin feucht genug, es geht ganz leicht. Mit der einen Hand hält er sich an meiner Schulter fest, mit der anderen umgreift er den Vib und stimuliert weiter meinen Kitzler. Das löst meine Anspannung, er kann sich ungehindert bewegen. Jetzt gleitet er schnell rein und raus, so hat sich das noch nie angefühlt.

Er stößt tief in mich hinein, stöhnt auf, wir atmen beinahe synchron, ein und aus und ein und aus, einaus, einausein. Hitze durchströmt meinen Körper. Ein Feuerwerk explodiert in meiner Möse und kreist durch meinen Körper bis zu den Fußsohlen. Mein erster Orgasmus, dank eines Vibrators. Noch eine ganze Weile bleibt Jean-Luc in mir liegen.

»Das Kondom«, murmle ich.

»Alles in Ordnung«, beruhigt er mich und streichelt mein Haar. Er hält das Gummi fest, während er seinen Schwanz aus mir herauszieht. Das Kondom lässt er auf die Dielen fallen. Ich kuschle mich in seinen Arm, seine Hand gleitet über meine Wange, er küsst mich. Die Tür öffnet sich, leises Tapsen auf den Dielen – ein »Miau« verrät mir, dass seine Katze ins Zimmer gekommen ist.

»Nein, Ninette, nein!« Jean-Luc springt auf, mein Kopf plumpst auf sein Kissen. Er reißt unser Kondom aus dem Katzenmaul. »Das macht sie immer mit benutzten Kondomen«, schimpft er und verschwindet in der Küche.

Immer? Was mache ich hier eigentlich?

Als er wiederkommt, küsse ich ihn. *Für meinen ersten Orgasmus,* denke ich und murmle entschlossen: »Ich muss dann mal. Ist schon so spät geworden.«

Er sagt nichts. Die Locken stehen wirr von seinem Kopf. Ich werfe meine Sachen über. Nackt begleitet er mich zur Tür.

»Das war doch ein guter Anfang«, resümiert er.

Ich lächle, streichle seine Wange und drücke die Klinke.

*

»Was war ein guter Anfang?«, fragt eine Stimme in die Stille hinein. Alle Köpfe fahren auf einmal hoch.

»He, na endlich, Marja. Hast du uns doch nicht vergessen?«, ruft Carla aus.

»Wie könnte ich! War eh blöd, euch warten zu lassen. Für so 'nen Typen. Beim Chatten klang der anders, irgendwie klug und durchdacht, und sein Porträt sprach für sich. Ich war so gespannt, da war so ein Kribbeln, wie schon lange nicht mehr. Und dann so was! Ich bin auf hundertachtzig. Halleluja, ich brauch jetzt dringend Wein und Schokolade. Ich habe Mordshunger.«

»Setz dich doch erst mal«, bemerkt Nike. »Du siehst gut aus und das bei deiner ewigen Jobberei in dieser Kneipe«, lobt sie und lächelt verschmitzt. »Du weißt ja, wie ich das meine, oder?«

Marja nickt und entgegnet: »Jaja, ich weiß.« Sie fährt ihre schlanke Silhouette mit den Händen nach.

»Nur, dass ich kaum was für meine Figur tue«, ergänzt sie. »Ich war ja schon immer – für meinen Geschmack – zu schmal gebaut. Ich kann essen, was ich will, es hilft nicht. Und das Boxtraining sorgt für den Rest«, seufzt sie. »Immerhin hab ich ein paar Muskeln an den Oberarmen.«

»Mensch, Marja. Wie lange ist das her. Lass dich umarmen«, sprudelt es aus Lana heraus.

Sie springt auf, schließt die eben Angekommene in die Arme und strahlt: »Endlich alle zusammen. Jetzt sind wir komplett. Besser geht's nicht.«

»Nein, besser geht's wirklich nicht.« Marja macht eine Pause und setzt dann nach einem Seufzer hinzu: »Oder doch, geht schon besser. Wenn mich nur mal ein Mann richtig gut fände und ich ihn genauso. Mal so gegenseitig. Aber wahrscheinlich liegt es an mir. Ich rauch zu viel, hab so meine Ansprüche, bin auch nicht mehr wie diese jungen Erstsemester mit den Arschgeweihen im Poausschnitt ihrer Jeans und das jahrelange Philosophiestudium – ich studiere ja ernsthaft, nur mach ich einfach nie meine Scheine –, das hilft auch nicht weiter. Den meisten Typen gefällt es eben nicht, wenn Frauen sachlich argumentieren können und alles hinterfragen. Ach, Scheiße …«

Marja greift nach einem halbvollen Weinglas neben ihr, schnappt sich Lanas Zigaretten und zündet sich eine Kippe an.

»Sorry, hab ja gar nicht gefragt. Ich darf doch, oder? Oh Gott, war das anstrengend.«

»Ach! Vergiss den Typen einfach. War eben ein Versuch. Internetdating taugt doch nichts. Da tummeln sich so viele

Spinner. Die wollen alle den schnellen Sex oder das Heimchen am Herd. In das Muster passt du eben nicht. Und du gehörst auch nicht zu einer Randgruppe. Da wäre das Web 2.0 eine Alternative. Aber nicht für dich. Du triffst Mr Right auch noch so. Keine Sorge. Und das Wichtigste: Wir haben uns nicht verpasst«, tröstet Tessa sie und streckt Marja ihre Hand entgegen.

Marja ergreift sie und Tessa zieht sie zu sich auf die Decke.

»Ist nicht mehr viel übrig. Noch einen Schluck Wein?«, fragt sie.

Marja nickt. Tessa schenkt ihr nach.

»Bedien dich«, Nike deutet auf die reichlich abgeernteten Schüsseln und Schalen. »Du siehst, wir waren gierig«, sagt sie entschuldigend.

Aber Marja winkt ab: »Mist, einen ganzen Abend mit euch allen in den Wind geschlagen. Wegen so einem. Der war wirklich ... So 'ne Wampe ...« Marja zeichnet seinen Bauch in der Luft nach. »Und das bei einem ansonsten eher gedrungenen Körperbau. Der war einen ganzen Kopf kleiner als ich. Macht ja nicht gerade an. Finanziell stünde er gut da, hat er so ganz nebenbei erwähnt.«

»Hast du ihn gefragt, was er für einen Job hat?«, interessiert sich Nike.

»Da hätte ich jetzt die Uhr danach stellen können, Nike! Zwischenfragen immer an den gleichen Stellen«, zieht sie Lana auf.

»Bei solchen Typen habe ich gleich ein ungutes Gefühl. Als er mit Familie anfing, bin ich schon mal vorsichtiger geworden, aber er hat das gar nicht bemerkt. Im Gegenteil. Dachte wohl, er hat jetzt damit gepunktet. Familienmensch und so.

Ich hab geschwiegen und er hat weitererzählt. Irgendetwas von seinem wichtigen Job in der Eventagentur und dem großen Projekt, das er gerade gelandet hat.

›Außerdem reise ich für mein Leben gern‹, hat er gesagt, ›ich habe schon alle Kontinente durch. Mit Mitte zwanzig war das ja noch lustig, gemeinsam mit den Freunden, aber heute …‹, er atmet aus und sieht mich dabei so erwartungsvoll an. ›Wäre das was für dich, ein romantischer Urlaub auf den Seychellen, Palmen und Sonne pur, dazu Cocktails am Strand schlürfen?‹ Ich habe demonstrativ aus dem Fenster gesehen und die Leute draußen beobachtet. ›Oder vielleicht Griechenland? Du studierst doch Philosophie? Du kannst mir sicher einiges zu den alten Tempeln und Fundstücken sagen. Bildungsurlaub, mal was anderes …‹ Ich habe auf die Uhr geguckt. Da war es schon beinahe Mitternacht.

Aber er hat uns noch ein Glas Prosecco bestellt und dann noch eins. Ich habe die ganze Zeit gehofft, dass ein Funke überspringt.

Manchmal bin ich ja zu schnell mit meinen Urteilen. Trotzdem hab ich immer schneller getrunken und eine halbe Stunde später hat er mich dann gefragt, ob mir der Abend auch so viel Spaß mache wie ihm.

›Morgen früh ist ein Seminar‹, hab ich gemurmelt.

Er hoffe auf ein Wiedersehen, hat er gesagt und mir die Hand geschüttelt. Ihr glaubt gar nicht, wie schnell ich meinen Minirucksack über die Schulter geworfen, ihm sportlich zugewunken habe und zur nächsten Tram gelaufen bin. Und dann im Eilschritt zu euch durch den Park.«

»Ach, Marjamaus. Ist das nicht alles etwas gefährlich mit dem Internetdaten? Auf so etwas würde ich mich gar nicht erst einlassen«, sagt Tessa.

Carla legt einen Arm um Marja: »Du brauchst gar nicht so tun, Tessa«, lacht sie und redet weiter: »Du hast uns doch eben erst deine erotischen Geschichten zum Besten gegeben. Also der Student und du – und so schnell –, das ist ja wohl auch ein Abenteuer der besonderen Art, oder etwa nicht?«

Tessa zuckt die Achseln. »Hmm …«, macht sie und »vielleicht, ja schon, irgendwie.«

»Du erzählst erotische Geschichten?« Marja zieht ungläubig die Augenbrauen nach oben. »Wie habt ihr Tessa denn dazu bekommen?«

Lana hebt eine leere Weinflasche vom Boden und schwenkt sie als Beweismittel in der Luft. Nike lächelt und Carla setzt hinzu: »Lana hat ein Spiel vorgeschlagen. Wahrheit oder Lüge. Sagt dir das was?«

Marja nickt und Carla fährt fort: »Also, wir spielen das schon den halben Abend lang. Jede von uns hat zwei sexuelle Erlebnisse erzählt. Kleine Geheimnisse. Aber nur eins davon entspricht der Wahrheit, das andere ist frei erfunden. Wir lösen gleich noch auf.«

»Los, dann raus damit, jetzt will ich auch was zu hören kriegen!«, sagt Marja. »Lenkt mich bloß von meinem desaströsen Abend ab!«

»Natürlich«, lächelt Lana und will schon losplappern, da unterbricht sie Nike mit erhobenem Zeigefinger: »Moment mal, Marja muss aber auch von sich berichten«, sagt sie und lächelt in die Runde: »Wäre doch sonst nicht fair. Wir wollen doch was von dir hören!«

Marja strubbelt abwechselnd durch ihren blonden Kurzhaarschnitt und nestelt nervös an ihrem weißen T-Shirt.

»Meinst du das jetzt ernst, Nike? Gleich zwei Geschichten? Ich hab eure doch noch gar nicht gehört«, sagt sie.

Lana greift den Faden schnell auf und sagt: »Ich war mal auf einer Sexparty und hab dort mit einer schönen Unbekannten unvergleichlichen Sex gehabt und dann gab's da noch mein persönliches Fensterkino. Die Voyeurin in mir, du verstehst?«

»Jaja, Lana und die Frauen ...«, kommentiert Marja. »Das hätte ich auch nicht anders vermutet. Und ihr anderen?«

»Ich habe von meinem Frankreichurlaub und grandiosem Sex erzählt. Und dann war da noch die Geschichte von meiner Entjungferung und dem Nachhilfelehrer«, erzählt Carla. In ihrer Stimme schwingt immer noch die Aufregung der Sommernacht mit.

»Ja, passt zu dir. Aber das ist ja schwierig. Wenn da mal wirklich nur eine Geschichte stimmt. Gar nicht so leicht, das zuzuordnen, oder?«, fragt Marja.

»Nein, ist es wirklich nicht«, bestätigt Tessa. »Ich war anfangs nicht so leicht zu überzeugen, du weißt schon, aber dann hab ich von meinem über die Jahre angesammelten Sortiment von Vibratoren und Dildos berichtet, die ich unter den furchtbaren Handtüchern meiner Schwiegermutter verstecke. Ich mach's mir am liebsten zu romantischer Musik in der Badewanne. Stell mir dann tolle Männer vor. Ach ja, und an meinem ersten Tag als Studentin hab ich mich von einem französischen Unbekannten verführen lassen.«

Marja lauscht andächtig. »Soso.«

Nike lehnt ihren Kopf an Lanas Schultern. »Ich habe von meiner BDSM-Vorliebe erzählt. Einmal von einer privaten Party, das andere Mal von einer öffentlichen Veranstaltung in Hamburg. Auf der privaten Feier hat mich eine Frau genommen und ich dachte, sie wäre ein Mann. War schon eine irre Erfahrung.«

»Echt jetzt?«, fragt Marja und Carla sagt: »Wissen wir doch auch noch nicht.«

Marja nickt und wird plötzlich ganz still.

»Und jetzt bist du dran«, erinnert sie Nike mit einem breiten Grinsen.

»Na gut, na gut. Schon klar. Also dann, gebt mir zwei Minuten zum Nachdenken«, sagt Marja und legt ihren Kopf auf die an ihren Körper gezogenen Jeansbeine.

»Sie sinniert – unsere Philosophin«, schmunzelt Carla und Tessa sagt: »Du musst nicht, wenn du nicht willst.« Aber Nike fährt dazwischen: »Und ob sie muss. Ich bestehe darauf. Wir sitzen alle in einem Boot.«

Da taucht Marjas Gesicht wieder auf. »Gut, ich bin so weit«, sagt sie.

Marjas erste Geschichte

Geflügelte Schweine

Wisst ihr eigentlich, weshalb ich schon so lange studiere? Ja, Carla, wirklich? Weil ich eine Perfektionistin bin? Glaubst du das ernsthaft? Tessa, du denkst, ich leide unter Prüfungsangst und will mich der Bewertung meiner Professoren nicht aussetzen? Auch daneben, leider. Wäre ein besserer Grund.

Ach ja, Lana, du meinst, das liegt an meinen Schreibversuchen. Ich will nichts mehr mit diesen trockenen, verstaubten Gedanken zu tun haben, glaubst du. Weil ich jetzt meine Ideen in Geschichten umsetze, die nur noch reifen müssen. Knapp vorbei ist auch daneben. Meine Versuche habe ich längst von der Festplatte gelöscht. Nur ein paar Notizen und unvollendete Hausarbeiten sind noch darauf.

Ich hatte nur nicht den Mumm, endgültig alles hinzuwerfen. Nicht weil ich von meinem Kellnerjob nicht leben könnte. Mit dem Trinkgeld verdiene ich ganz gut. Und mich weiterbilden könnte ich auch ohne die Uni. Ohne Abschluss dazustehen, davor habe ich kaum Angst. Bin eh zu alt für einen ordentlichen Job. Nein, es ist ganz anders.

Völlig aussichtslos. Trotzdem mach ich damit weiter. Schon seit Jahren. Kämpfe jeden Tag dagegen an und unterliege regelmäßig. Ich bin resistent gegen meine eigenen Ratschläge. Bis zu diesem Tag – drei Monate ist das ungefähr her – schien es jedenfalls unmöglich. Dann sind die Karten neu gemischt worden. Nicht dass die Situation sich verbessert hätte. Nur anders ist sie geworden.

Ich sitze also an jenem Mittwoch im Café Einstein. Ihr kennt das doch noch, das kleine Studentencafé im Unigebäude. Die Kommilitonin – Esther heißt sie – ist schon wieder los in die Bücherei. Wir haben uns gemeinsam für ein Referat über Nietzsche gemeldet und im Café noch unser Vorgehen besprochen, Telefonnummern ausgetauscht und ein bisschen Small-Talk gemacht.

Unser Seminarleiter heißt übrigens Dr. Marián Hirschner. Kennt den eine von euch? Nein, natürlich nicht, hat ja sonst keine Philosophie studiert.

Ihr braucht mich nicht so anzusehen. Marián ist der Grund, weshalb ich mich nicht einfach exmatrikuliere und stattdessen wie eine Besessene Nietzsche, Schopenhauer und die Existenzialisten studiere.

Jetzt ist es raus. Auch egal. In den bin ich verliebt. Rasend. Wahnsinnig. Meine Tage werden von ihm bestimmt. Völlig besessen. Seit meinem zehnten Semester. So lange ist der schon an der Uni. Das sind also vier Jahre, die ich ihn kenne. Vier Jahre, das muss sich mal einer vorstellen.

Deshalb habe ich so lange keine richtige Beziehung gehabt und meinen Mund mach ich trotzdem nicht auf. Niemals. Dafür bin ich dann doch zu stolz. Wie würde das auch aussehen.

Soll ich etwa einen Liebesbrief schreiben? Wie denn? Kenne den Menschen ja nicht wirklich.

Kennt ihr dieses Gefühl überhaupt? In der Magengegend und im Herzen ständig dieses Hüpfen und Wirbeln. Ein Gummiball im Schleudergang. Nur, dass es gleichzeitig auch noch schön ist. Etwas wonach man fiebert. Also Perspektivwechsel jetzt: Das Kind beim Anblick eines neuen Gummiballs.

Wenn Marián einen Raum betritt, bin ich wie gelähmt. Schau ihn dann immer nur an, lächle und nicke. Gehe immer gestylt ins Seminar. Bei mir heißt das enge, neue Jeans und figurbetonte H&M-T-Shirts. Bin immer dezent geschminkt und trage Parfüm auf. Scheiße ist das, eigentlich, gequirlte Scheiße.

Entschuldigt die Wortwahl.

So, jetzt sitze ich also in diesem Café und will nur noch schnell meinen Latte macchiato zu Ende trinken und eine Zigarette rauchen. Ziehe an der Kippe, spüre den Rauch kühl in meinem Hals und schließe für eine Sekunde die Augen. Sehe mich und ihn auf der Wiese beim Baggersee, wo wir ausnahmsweise einmal mit dem ganzen Philosophieseminar schwimmen waren. Letzten Sommer.

Die Sonne wärmt die Haut, ich trage diesen roten Bikini, dessen Träger im Nacken zusammenlaufen, und das knappe Höschen. Zwei Jungs aus unserem Kurs werfen mir interessierte Blicke zu. Ich ignoriere das, setze meine Sonnenbrille auf, stütze mich auf die Ellbogen und kreuze die Unterschenkel in der Luft. Schlage *Die Geburt der Tragödie aus dem Geiste der Musik* auf und gebe selbst am See die eifrige Studentin.

Marián sitzt neben zwei unserer Elitestudenten, einer braungelockt, der andere mit Zopf, und diskutiert mit denen. Worüber, ist nicht zu hören. Unsere Blicke treffen sich. Er ist rot im Gesicht. Vielleicht hat er zu lange in der Sonne gelegen. Er sieht wieder weg. So weit die Realität.

An dieser Stelle setzt meine Phantasie ein. Ich versenke mich nicht wieder in die Schrift, sondern stehe auf und geselle mich zu ihnen.

»Für heute genug gelesen?«, fragt er. Ich deute ein Nicken an, lächle und setze mich einfach neben ihn. Meine Hand zittert unmerklich. Er spürt es.

Irgendwann verschwinden die anderen im Wasser und wir bleiben allein zurück. Wind kommt auf. Um uns herum wird eifrig gepackt.

»Es wird bald regnen«, tönen Stimmen zu uns herüber. Aber die Sonne wärmt noch, der leise Wind tut gut.

»Wettervorhersage«, betont eine andere Stimme bedeutungsschwanger. Unsere Gruppe löst sich auf. Auch die Jungs kommen aus dem Wasser, packen ihre Rucksäcke und verschwinden. Ich bekomme Gänsehaut, hänge mir aber nur ein Handtuch über die Schultern, um den Bikini nicht zu verdecken.

Wir unterhalten uns weiter über Nietzsche und die so engagierten Studenten und irgendwann sagt er: »Ich habe ein Angebot aus Heidelberg, eine Juniorprofessur. Das kann ich nicht ausschlagen, ich muss da hin. Schade, Berlin ist meine zweite Heimat geworden.«

Ich schlucke. »Wann verlassen Sie uns?«, bringe ich hervor und er sagt: »Zum Wintersemester.«

Alle anderen sind schon aufgebrochen. Marián sieht sich um. Langsam beginnt es zu regnen. Die Sonne dringt kaum noch durch die Wolken durch. Grüngraues Licht. Sommertropfen auf warmer Haut. Wir lachen leise.

»Darf ich«, sagt er und streicht mir einen Tropfen von der Wange. Ich lächle versunken. Noch einen Tropfen auf der Nase. Ich fahre über meine Lippen, lecke den Regen fort. Er legt seine Hand auf meine. Mein Herz pocht wie wild. Wie lange habe ich diesen Augenblick herbeigesehnt.

Die Zigarette ist fast heruntergebrannt. Ich habe keinen Zug getan. Der Kaffee ist auch schon kalt geworden. Ich winke die Kellnerin herbei, bestelle einen Espresso. Ich muss wach werden. Mal über mich nachdenken. So geht das nicht weiter. Marián bestimmt mein Leben und ist nur Spuk. Gehirnspuk.

Genau in diesem Moment betritt er das Café. Eine Strähne seiner halblangen blonden Haare fällt ihm ins Gesicht. Groß ist er nicht. Aber sein Geruch nach warmem Holz und Zimt macht mich benommen. Das merke ich auch an der neuen Zigarette, die ich mir gerade anstecken will und die mich beruhigen soll. Jetzt, sofort, aber stattdessen zittere ich. Das Feuerzeug bebt. Mein Blick heftet sich unauffällig an ihn. Sehnsuchtsspuren in den Augen. Ob man die sehen kann?

Zwei Dinge will ich gleichzeitig tun: sofort den Raum verlassen und für immer an meinen Stuhl gekettet sein. Will ihn betrachten, wie er die Bestellung aufgibt und die Kellnerin ihm das Wasser bringt und er so distinguiert lächelt: höflich und souverän und geistreich.

Meine Güte, ich bin verloren. Das wird nichts mehr mit mir. Ich widme ihm mein Leben wie eine Sinfonie oder ein Gedicht. Mannomann, ist das abgehoben. Ich schwebe, bemerke nichts mehr, nur ihn, der nichts tut, als sein Wasser zu trinken und in seiner Zeitung zu blättern. Dafür himmle ich ihn an. Ich spinne, komplett, denke *Hormon-Cocktail,* aber die Erklärung reicht nicht aus.

Und dann dimmen sie noch die Lichter im Lokal, es ist schon spät geworden, draußen dämmert es. Und sie legen diese alten Melodien auf. Ein Klavier und ein Akkordeon, beschwingt und melancholisch. Die Stimmung ist für uns gemacht.

Marián hat mich entdeckt und nickt mir zu. Ich lächle und meine Zigarette bebt schon wieder. Mein Körper fühlt sich an, als bestünde er aus diesem Brausezeug, das ich mir früher immer in den kleinen Päckchen von meinem Taschengeld gekauft habe. *Ahoj* stand da drauf. Zitronengeschmack, Orange und Waldmeister. *Extrastark durch Seemannsfeeling.* Wenn's doch nur so einfach wär.

Die Kippe ist schon wieder runtergebrannt. Ohne geht gar nicht. Ich hole mein Feuerzeug raus. Peinlich ist das jetzt, ganz rosa mit Glitter dran. Nichts gegen dich, Lana, du hast mir das mal geschenkt. »Girliestyle«, hast du gesagt. Ich mach das ganz unauffällig, halte meine Hand als Sichtschutz davor, aber das Ding ist wohl leer, jedenfalls gibt es kein Feuer.

»Verdammter Scheiß«, fluche ich vor mich hin. Ihr kennt mich ja, diese Angewohnheit, wenn was gar nicht klappt, dann rede ich wie die Prostituierten vor meiner Haustür, kann gar nichts dagegen tun. Es funktioniert immer noch nicht. »Kreuzverdammter Scheißdreck.«

Er sieht belustigt zu mir herüber. Abwechslung von all dem Denken und dem Gleichklang seiner wissenschaftlichen Tage. Was auch immer, jedenfalls hab ich seine Aufmerksamkeit auf mich gelenkt. Ganz wohl ist mir dabei aber nicht. Ich resigniere, stecke das Feuerzeug in die Hosentasche.

Da erhebt Marián sich, kommt direkt auf mich zu. Mein Herz wummert lauter. Kriegt der das mit? Spricht der jetzt mit mir? Wir haben doch kaum ... außer über die Referate und ein paar Höflichkeiten ...

»Darf ich Ihnen behilflich sein?« Er entzündet sein Feuerzeug. Schmal und silbern glänzt es in seiner feingliedrigen Hand. Ich stecke eine Zigarette zwischen die Lippen, neige meinen Kopf ihm entgegen und bemühe mich, mein Zittern zu unterdrücken.

»Danke«, sage ich.

Überlege dabei fieberhaft, was noch zu sagen wäre, etwas Unverfängliches, das ihn in ein Gespräch verwickelt, etwas, das nicht im Stehen zu klären ist.

»Darf ich?«, fragt er wieder und deutet auf den freien Stuhl neben mir.

Ich kann mein Glück kaum fassen. Nicke nur, lächle wieder und frage mich gleichzeitig, ob mir heute noch eine alternative Verhaltensoption einfallen wird.

»Sie sind eine begabte Studentin, Marja«, sagt er. »Genau deshalb frage ich mich auch, warum Sie sich nicht zur Prüfung anmelden?«

Ich schweige. Meine wahren Beweggründe kann ich an dieser Stelle wohl kaum zur Sprache bringen.

»Ich würde Sie gerne prüfen. Wir können vorher das Themenfeld genau abstecken. Ich verspreche Ihnen, Sie müssen sich keine Sorgen machen.«

Doch, doch, muss ich wohl. Diese Unterhaltung entwickelt sich ganz und gar nicht, wie sie sollte.

»Bei den Existenzialisten sind Sie doch bereits eine Expertin, wenn ich das so sagen darf.« Jetzt aber mit großen Schritten voraus. Sonst geht er gleich wieder. Er hat ja gesagt, was ihn beschäftigt. Er macht nur seinen Job, einen guten Job. Ihm möchte man sich anvertrauen.

»Im Moment ist keine gute Zeit für Prüfungen«, sage ich leise. Ich trau mich nicht weiter. Was wird das, wenn ich fertig bin? »Wenn ich ehrlich sein soll …« Ich schlucke hörbar.

»Ja?«

»Ich kann derzeit keinen klaren Gedanken fassen. Das wird vorbeigehen.«

Er neigt den Kopf zur Seite. Versteht nicht ganz. Wie auch, ich stammle Unsinn. »Warum können Sie – wie haben Sie sich noch gleich ausgedrückt – keinen klaren Gedanken fassen? Verstehen Sie mich richtig, Ihre Beiträge im Seminar zeichnen Sie aus. Ich kann mir nicht vorstellen … Was auch immer Sie abhält, lösen wir Ihr Problem – gemeinsam.«

Meine Güte. In welche Lage habe ich mich da gebracht?

Ich atme tief ein, meine Hand umklammert die leere Espressotasse. Ich nehme allen Mut zusammen. Mein Herz hämmert, die Beine zittern, im Hals sitzt ein Kloß, aber egal, weiter, einfach weiter.

»Ehrlich gesagt«, beginne ich wieder, »es ist ganz banal. Ich bin verliebt und er weiß nichts davon. Ich … entschuldigen Sie, dass ich Ihnen das erzähle. Es ist nur, wegen der Prüfung. Sie verstehen jetzt sicher …«

Er sieht mich an, seine Augen schweifen für einen kurzen Moment über meine Brüste und meine Taille. Sichtlich aus dem Konzept gebracht, sagt er: »Verzeihen Sie meine Indiskretion. Damit habe ich nicht gerechnet!«

Ich greife nach der nächsten Zigarette, biete ihm auch eine an. Er greift zu, gibt mir wieder Feuer, entzündet dann seine. Der Raum hat sich geleert. Wir sind die letzten Gäste. Sie schließen heute schon um 20 Uhr, ist ja ein Unicafé. Die Bedienung stellt die ersten Stühle hoch.

»Darf ich Sie noch zu einem Glas Wein einladen? Ich hätte Sie nicht derart in Bedrängnis bringen dürfen.«

»Gern«, bringe ich heraus. Mehr nicht.

Marián steht auf und zahlt. Er hält mir die Tür auf. Ich lächle und nicke. Mal wieder.

Draußen ist es ungewöhnlich warm für einen Abend Mitte Mai. Ein zarter Wind streift uns. Ein paar Straßenlaternen glimmen. Marián überlegt einen Augenblick.

»Es gibt da einen Ort, den ich Ihnen gerne zeigen würde. Allerdings … den versprochenen Wein müssten wir dorthin mitnehmen. Von da oben sieht man auf die Lichter der Stadt. Vielleicht bringt Sie das auf andere Gedanken.«

»Ja, eine gute Idee.« Ich folge ihm zu seinem schwarzen Fiat.

»Nicht gerade ein existenzialistisches Modell«, sagt er und deutet auf sein Auto: »Aber immerhin schwarz.« Wieder hält er mir die Tür auf.

Der Motor startet knatternd. »Der Wagen ist noch ein Relikt aus meiner Studentenzeit.« Ich weiß nicht viel zu antworten. Alle Schlagfertigkeit ist geschwunden. Was übrig bleibt, ist das kleine verträumte Mädchen, das noch immer vom Prinzen träumt. Der schwarze Fiat wird zur Pferdekutsche.

»Wo wohnen Sie, Marja?«

»In Mitte. In der Nähe der Oranienburger.«

»Waren Sie schon mal im Volkspark Friedrichshain?« Ich nicke und muss an euch denken, an unsere Proben, unser letztes Besäufnis.

»Kennen Sie auch diese Lichtung auf dem Trümmerberg? Sie bedeutet mir viel.«

Sehr gut, sogar. Aber das lasse ich ihn natürlich nicht wissen. Ich schüttle langsam meinen Kopf.

Wir biegen beim Platz der Vereinten Nationen ab. »Findlinge aus fünf verschiedenen Kontinenten«, sagt er. »Sie symbolisieren die Freundschaft …«

Ja, Freundschaft. Mein Blick ruht auf seinen Lippen.

»… zwischen den verschiedenen Völkern der Erde«, höre ich ihn sagen und nicke eifrig. Er parkt ein, steigt aus und öffnet mir die Tür.

»Ich habe noch eine Flasche Wein im Kofferraum. Gestern geschenkt bekommen. Nur die Gläser sind ein Problem.«

»Überhaupt nicht«, merke ich an. Er öffnet den Kofferraum, klemmt sich die Weinflasche unter den Arm und eilt voraus. Viel zu schnell, ich kann kaum mithalten. Trotz Boxtraining. Jetzt schlägt mein Herz dreifach schneller als gewöhnlich.

»Entschuldigen Sie«, sagt er. »Eine dumme Angewohnheit.« Er verlangsamt sein Tempo merklich.

»Ich bin das nicht gewohnt, neben einer Frau, so spät …«

Ich stoppe und sehe ihn an. Sage gar nichts. Er tut es mir gleich. So stehen wir uns gegenüber, stumm. Nur unser leiser Atem, die Nacht und die pochenden Herzen.

Ich lächle, er lächelt zurück. Niemand kreuzt unseren Weg.

»In wen sind Sie verliebt, Marja?«, fragt er unvermittelt. Meine Hände beginnen wieder zu zittern. Ich taste nach einer Zigarette in meiner Hosentasche und sehe zu Boden.

Er kommt einen Schritt näher. Steht jetzt ganz dicht vor mir. Sieht auf meine Hände, meine niedergeschlagenen Augen. Hebt mein Kinn so an, dass ich aufsehen muss.

»Marja!«, insistiert er.

Seine Stimme macht mich bewegungslos. Wie hypnotisiert verharre ich, meine Sehnsucht auf ihn gerichtet.

»Wie lange schon?«, flüstert er.

Seine Frage bleibt in der Luft hängen, ummantelt uns.

»Wie lange schon?«, wiederholt er.

Als ich nicht antworte, greift er meine Hand. Ich umschließe sie. Er sieht mich dabei nicht an.

»Komm«, sagt er.

Und so setzen wir uns wieder in Bewegung, schlendern durch den Park. Begegnen einem Mann mit einem Golden Retriever und einem Liebespaar, das auf einer Holzbank versunkene Küsse tauscht. Gehen weiter, bis wir vor den Steintreppen stehen, die zur Lichtung führen.

Wir beginnen den Aufstieg. Um uns der bewachsene Hügel. Er lässt meine Hand nicht los. Nostalgische Lämpchen beleuchten in weiten Abständen den Pfad. Auf der Mitte stoppt er.

Es ist still. Wieder nur unser Atem. Ich befürchte, er kann mein Herz pochen hören. Unter uns der erhellte Weg. Keine Passanten. Marián löst seine Hand aus meiner und schiebt sie vorsichtig, als bäte er um Erlaubnis, um meine Hüfte.

Ich kann kaum atmen. Unsere Blicke treffen sich. Aber er sieht zur Seite, sagt: »Es ist nicht mehr weit. Wir sind gleich oben.«

Bei jedem Schritt berührt meine Hüfte sacht seinen Oberschenkel. Wie er riecht. Holz und Zimt. In meinem Bauch sammeln sich Schmetterlinge, flackernde Lichter reflektieren die grünen Ampeln im Kopf. Vor uns jetzt die Wiese. Die Stadt leuchtet zu uns hinauf.

Ich weiß nicht mehr, wie wir die Lichtung überquert und uns auf der kleinen Mauer platziert haben. Nur dass er seine Hand zum Öffnen der Weinflasche von meiner Hüfte genommen hat. Er hat ein Taschenmesser mit einem Korkenzieher.

Wir sitzen schweigend nebeneinander. Zeit fließt, Gefühle benebeln den Verstand, der Alkohol tut das Übrige. Irgendwann halte ich es nicht mehr aus. Ich lege meinen Kopf auf seine Schultern und flüstere: »Seit meinem zehnten Semester.«

Er sieht mich an.

»Genau dreieinhalb Jahre«, sage ich.

Er streichelt meine Hand, haucht mir einen Kuss auf die Wange. »Das muss ein Ende haben«, murmelt er mehr zu sich als zu mir. Meine fragenden Blicke übergeht er fügt aber hinzu: »Mit Ihnen«, verbessert sich, »mit dir hat das nichts zu tun, Marja.«

Jetzt verstehe ich gar nichts mehr. Weder seine Worte noch seine Handlungen. Ich will zur Seite rutschen, da hält er mich fest. Wiederholt: »Mit dir hat das nichts zu tun«, birgt meinen Kopf in seinen Händen und küsst behutsam meine Lippen.

Ich schließe die Augen. Öffne langsam den Mund. Spüre seine Zunge, seine weichen Lippen auf meinen, seine zarte Haut, seine Hände, die noch immer meinen Kopf halten. Warmer Frühlingswind streichelt unsere Gesichter. Ich öffne die Augen, sehe ihn an. Er lächelt. Seine Wangen sind rötlich gefärbt.

»Deine Lippen sind so weich«, murmelt Marián.

Dann löst er sich von mir, wendet den Kopf und sieht minutenlang auf die Stadt und ihre Lichter. Ich trinke aus der halbgeleerten Weinflasche, will sie ihm weiterreichen, aber Marián schüttelt den Kopf.

»Marja, ich weiß ja nicht, in wen Sie verliebt sind …« Er tastet nach meiner Hand. Er hat mich also noch nicht durchschaut. Ich hole Luft, will ihm alles erzählen, aber er legt seinen Zeigefinger auf meine Lippen und sagt: »Das ist vielleicht eine Möglichkeit.«

Er springt auf, umrundet in konzentrischen Kreisen einen kleinen Teil der Wiese, um dann vor mir zum Stehen zu kommen. »Darf ich dir einen Vorschlag machen?«, fragt Marián förmlich.

Ich nicke. »Hmm«, räuspert er sich. »Ich muss dir was gestehen. Es scheint mir notwendig.«

»Ja?« Mehr bringe ich nicht raus. Ob er auch und in mich?

»Ich lebe seit Jahren ausschließlich schwul.« Ich schlucke.

»Das weiß niemand an der Uni. Es soll auch so bleiben.« Er macht eine Pause. »Bitte, Marja. Das ist wichtig.« Ich nicke. Aber sein Kuss, gerade eben erst …

»Du bist verliebt und unglücklich. Vielleicht wäre ich, *ähm,* eine, *ähm,* gute Ablenkung für dich.«

»Aber …«, will ich entgegnen. Er jedoch ist schneller: »Lass mich das zu Ende denken, bitte.« Ich nicke. Schwul …

wieder und wieder nicke ich, ja, er hat schwul gesagt, ausschließlich …

»Marja, ich habe noch nie mit einer Frau geschlafen. Ich würde aber gerne …« Er unterbricht sich. »Mit dir … Ich bin ungehobelt. So unvermittelt. Entschuldige.«

Sein Bekenntnis. Meine Blicke im Seminar. In diese Nacht gesprochen: seine Zweifel. Mein unerkanntes Begehren. Der Wein. Seine Anerkennung. Meine Chance. Warum sollte ich irgendetwas aufklären? Mich blamieren? Ich bin geradezu aufgefordert, ihn zu berühren. Jetzt. Vielleicht erkennt er …

»Nichts ist ungehobelt«, flüstere ich, erhebe mich von der Mauer und gehe auf ihn zu. Stehe jetzt dicht vor ihm. Kann seinen warmen Atem auf meinem Dekolleté spüren.

Seine Hände umfassen wieder meine Taille. Ziehen mich an ihn heran. Mit seiner Zunge drängt er in meinen Mund, saugt begierig an meiner. Ich erwidere seinen Auftakt, drücke meine Brüste an seinen Oberkörper und presse meinen fiebernden Unterleib an seine Schenkel. Unsere Zungen verschmelzen, Wärme steigt von meinen Beinen zu meiner Möse hoch. Die ist feucht. Sein Schwanz ist hart geworden. Er drückt sich gegen meinen Unterbauch.

Marián stöhnt leise. »Warte«, sagt er, »wir können auch bei mir …« Diesmal lege ich meinen Zeigefinger auf seine Lippen, ziehe mein weißes T-Shirt aus und öffne meinen hautfarbenen BH.

»Wunderschön. Deine Brüste. Klein und straff und …« Er umkreist meine Nippel ganz sacht mit der Zunge. Seine zitternden Hände umfassen meine Brüste. Er nimmt meine Nippel in den Mund und saugt vorsichtig daran. Streichelt dabei meinen Rücken hinunter bis zur Taille. Öffnet meine Hose. Hilft mir heraus.

Ich stehe nur noch im Tanga da. Schwarz und schlicht. Marián knöpft sein Hemd auf. Meine Hände gleiten über seine Haut. Fahren durch seine halblangen Haare. Streicheln sein Gesicht. Er erwidert meine Zärtlichkeiten mit einem sanften, vollen Kuss.

Ich streichle seinen kleinen, aber festen Po. Drücke meine Wange gegen seine, gleite mit der rechten Hand zwischen seine Schenkel. So zufällig wie möglich berühre ich dabei seinen steifen Schwanz. Schmetterlingsleicht. Er streichelt derweil meine Brüste. Erkundet sie hingebungsvoll. Lässt sich Zeit. Küsst, streichelt, umrundet, in einer fortwährenden Schleife, meinen Oberkörper und mein Gesicht. Weiter wagt er sich nicht vor.

Ich verliere jedes Zeitgefühl. Die letzten Jahre für diesen einen Augenblick. Er hält inne, sieht mich an: »Bist du dir sicher?«, fragt er. »Es ist so viel Zeit vergangen«, antworte ich.

Da er meine Worte nicht zuordnen kann, nur dasteht und mich ansieht, küsse ich ihn sacht. Er lächelt. Marián wippt von einem Fuß auf den nächsten. Sieht sich abwechselnd um und betrachtet mich im Mondlicht, das seine Konturen weich zeichnet.

»Und du?«, frage ich.

»Wenn es eine Frau sein kann, dann bist du es.«

Das ist mir Anreiz genug. Ich lasse mich auf die Knie fallen und öffne seinen Gürtel, helfe ihm aus den Schuhen, streife seine Hose und die schwarzen Socken ab.

Küsse sacht seinen Schwanz durch den Stoff seiner dunklen Unterhose. Der bäumt sich auf, versteift sich. Sanft massiere ich seine Eier.

Marián stöhnt leise. Ich streichle seine Oberschenkelaußenseiten, seine Oberschenkelinnenseiten. Er entledigt sich seines

Slips. Sein Schwanz ist schmal und lang. Wie ein gespannter Pfeil streckt er sich mir entgegen.

Ich wiege seine Eier in meinen Händen, küsse seinen Ständer hinauf bis zur Eichel, die ich erst mit der Zungenspitze umkreise, um sie kurz darauf zwischen meine Lippen zu nehmen.

Nach und nach lasse ich seinen Schwanz tiefer in meinen Mund gleiten. Dabei umschließen ihn meine Lippen. Den Kopf bewege ich gemächlich auf und ab. Spüre seine Erregung. Dazwischen löse ich einige Male den Druck meiner Lippen und liebkose im Zungenspiel seine Eichel. Nur ganz kurz. Dann wieder zärtlich auf und ab fahren, am Schaft entlang.

Marián sieht mich an und streichelt über meine kurzen Haare. »Du siehst ein bisschen aus wie ein Junge«, sagt er sanft. Meine kleinen Brüste, die wenigen Rundungen, mein schmaler Po: Diese verdammte Androgynität beschert mir wenig Glücksmomente mit Männern. Ich verschränke meine Arme über meinen Körbchengröße-A-Brüsten.

»Nicht doch«, sagt er sanft. »Ich mag keine üppigen Formen. Du gefällst mir.« Marián löst meine Arme über meinem Busen, küsst meine Brustwarzen. »Du bist perfekt.«

Während er das sagt, streichelt er über meine Wange. Eskimokuss. Nasenspitze an Nasenspitze. Dann wird sein Ausdruck ernster. »Komm«, sagt er und deutet auf einen von Sträuchern umstandenen Apfelbaum. Weiße Blüten vor wenigen sichtbaren Sternen. Im Schutz der Büsche legen wir uns dicht aneinander.

Marián streichelt meine Seite, über die nackte Taille entlang. Er fingert am Bändchen meines Tangas, das sich über meine Hüften spannt, gleitet mit der Hand darunter und zieht dann – mit einem Mal – meinen String bis auf die Knie.

Er drückt mich mit seinem Gewicht rücklings aufs kribbelnde Gras, setzt sich dann auf und kniet sich zwischen meine Schenkel. Sein Brustkorb hebt und senkt sich. Kurz aufeinander folgende Frequenzen. Sein Schwanz steht gerade ab, deutet auf meine Schamlippen. Marián befeuchtet seinen rechten Zeigefinger und streichelt die Flügel meiner Scham, tastet nach meiner pochenden Klit, streift sie aber nur.

Er legt sich auf mich. Hält sich an meinen Schultern fest und reibt seinen Schwanz in raschen Auf-und-ab-Bewegungen an meiner Möse. Beinahe gleitet er wie von selbst in meine feuchte Spalte. Ich hebe mein Becken an und umfasse seine Oberarme. Seine Zunge bewegt sich in meinem Mund. Ich spreize die Beine.

»Kondome?«, frage ich und er antwortet: »Grundsätzlich. Ja, natürlich.« Fügt hinzu: »Ich habe keine dabei.«

Was ich jetzt mache?

Ihr müsst denken, ich bin vollkommen bescheuert und ihr habt absolut Recht.

Mein schwuler Dozent nimmt mich ohne Gummi auf unserer Lichtung in einem öffentlichen Park und ich lasse es in einem Anfall gröbster Unzurechnungsfähigkeit geschehen. Und so was nennt man Philosophen.

Wo war ich stehengeblieben? Ja, genau. Ich spreize also die Beine und strecke ihm auffordernd mein schmales Becken entgegen. Meine kleinen Brüste wippen. Seine Eichel kitzelt meinen Möseneingang.

Ich kurz: »Hhh«

Er länger, die Stimme fällt nach unten ab: »Hhhhh«

Ich staccato zu seinen Bewegungen: »Hh … hh … hh …« und dazwischen flüstere ich: »Schieb dich einfach zwischen meine Beine. Los, trau dich.«

Er zögert, gibt aber nach und schiebt seinen harten Schwanz langsam in meine enge Muschi.

»Du bist wunderbar«, wispert er und »Marja« und immer wieder »Marja«.

Mein Herz fühlt sich plötzlich weit an, lässt ihn eintauchen in mich, nicht nur die Körper werden eins. »Ich passe auf«, sagt Marián. Ich beiße mir auf die Lippen, damit Liebesbekenntnisse nicht wie Schweißperlen auf ihn herabregnen und sage stattdessen: »Musst du nicht.« Das dazugehörige »Ich liebe dich. Schon vier Jahre lang« lasse ich einfach weg.

In der Literatur nennt man so was Dopplung und das muss nun wirklich nicht sein, hätte er längst bemerken können. Eine kurze Verunsicherung in seinem Blick, die ich nur deshalb registriere, weil sein Schwanz in mir ruht. Einige Sekunden nur, dann schließt er die Augen, küsst mich wieder und wieder.

Diese Wärme, die jetzt zwischen meinen Schenkeln aufsteigt, sein Ständer, der mich vollkommen ausfüllt und er, der mich kreisend reitet, bis die Welt still steht, dieser Augenblick stellt alle anderen in den Schatten.

Könnt ihr das nachvollziehen? So eine Nähe, ineinander verwoben: ein Atem, ein Verlangen, eine Erfüllung. Er drosselt das Tempo, meine Muskulatur umschließt ihn, sein Ständer pocht. Minuten, bis einer von uns dringlicher küsst, fordernd die Fingernägel den Rücken des anderen entlangstreifen lässt, die Spannung hält. Bis der andere daraufhin den Rhythmus anhebt und seinen Körper an den zweiten presst. Bis dein Atem den anderen findet und Wollen und Sollen und Denken und Fühlen zu einer ununterscheidbaren Struktur verschmelzen. Bis der Höhepunkt sich in einem gipfelnden Aufschrei entlädt, ich meinen Kopf in seinen Arm lege und wir gelöst die Augen schließen.

»Marián …«, flüstere ich nach einer Weile.

»Ja?«

»Und du hast wirklich noch nie? Mit einer Frau, meine ich?«

Er streichelt meine Schulter, über uns das weiße Blütenmeer.

»Nein«, sagt er. »Noch nie.«

»Und?«, frage ich zurück und kann mir die obligatorische Frage nicht verkneifen. Mein Magen hüpft sowieso auf und ab, Gedanken sind rosarot, fehlen nur noch geflügelte Schweine am Nachthimmel.

»Und was?«, lacht er. Ich muss schlucken, trau mich dann aber doch: »Was denkst du jetzt? Wie fühlst du dich?«

»Wunderbar«, sagt er. »Ganz wunderbar. Das sollten wir im Falle von Liebeskummer häufiger machen.«

»Ach so. Du leidest auch darunter?« Er nickt, nimmt mich fest in die Arme und sagt: »Aber jetzt ist alles gut.«

*

»Ohh, jetzt hörst du da auf, wo es am spannendsten wird …«, jault Carla und sieht die anderen in der Runde auffordernd an.

»Stimmt, jetzt wo es richtig romantisch werden könnte, lässt du meine verhungernde Seele im Unklaren«, beschwert sich auch Lana, während sie sich sich Wein ins Glas kippt. Marja atmet tief durch: »Nun ja, ihr könnt euch sicher vorstellen, dass das nicht so einfach war. Ein Paar konnten wir nicht werden, jedenfalls nicht im üblichen Sinne. Geliebt haben wir uns aber schon. Irgendwann. Und dann auch wieder nicht. Verletzungen hier. Verletzungen da. Meine Gefühle hat er letztlich doch erraten. Allerdings viel später.«

Jetzt mischt sich auch Nike ein: »Ja? Und dann? Begeistert war er sicher nicht, kann ich mir schon vorstellen. Auf was ihr euch da immer einlasst. Hoffnungslose Romantiker seid ihr. Deine Geschichte würde genauso gut zu Lana passen. Wäre sogar eine typische Lanastory.«

Nike sieht Lana herausfordernd an und setzt dann fort: »Gefühlschaos und Wirrnisse – jetzt schaut mich doch nicht so an, ihr beiden. Solche Macken zeichnen euch doch aus!«

Tessa greift nach einem Stück Apfelkuchen und sagt beim Kauen: Gewisse Ähnlichkeiten sind da tatsächlich nicht zu übersehen. Mensch, Carla, dieser Kuchen ist echt ein Traum!«

Marja sieht Lana an und Lana blickt auf Tessa. »Eure Sehnsüchte«, setzt Nike wieder ein, »das müsst ihr doch eingestehen, ähneln sich. Bleibt allerdings ein entscheidender Unterschied: Marja träumt sich fort, schlägt sich aber derweil ganz gut durchs Leben. Klar, sie verfängt sich in Gedankengebäuden. Dafür bleibt sie unsere Philosophin. Aber nachts kellnert sie gegen die Existenzängste an. Wohingegen unsere Lana die Illusion zum Beruf gemacht hat und sie kultiviert.«

Lana streicht durch ihre Haare. Die Zeit bleibt in der Luft hängen, aber keine der Freundinnen sagt etwas. Lana richtet ihren Blick auf Nike. Ihre Stimme bekommt plötzlich einen ernsten Unterton: »Was dagegen? Ist das ein Diskurs übers Theater, oder was? So wie du das sagst, könnte ich fast glauben … Das verletzt, Nike.« Sie wendet den Blick von der Freundin ab und sieht in die Ferne.

»Aber Lana! Du bist wirklich dünnhäutig. Das eine hat doch mit dem anderen überhaupt nichts zu tun.« Lana starrt weiter in die Dunkelheit.

Da ringt sich Nike durch, legt ihre Hand auf Lanas Unterarm und sagt: »Wir sind doch Freundinnen. Wie kannst du ernsthaft daran zweifeln?« Lana sagt nichts, schmiegt anstelle einer Antwort ihren Kopf an Nikes Schulter.

Carla atmet hörbar auf. »Mannomann, Nike und Lana, das ewige Thema. Wenigstens kriegt ihr euch dann schnell wieder ein.« Sie hält kurz inne. »Ich habe mich übrigens auch mal in einen schwulen Mann verliebt. Ist aber nichts daraus geworden. Leider. Und wie ging das nun mit diesem Marián weiter, Marja?«

Lana legt einen Finger vor die Lippen. »Das darfst du sie nicht fragen, bevor die Geschichten aufgedeckt sind, Carla.«

»Achso, stimmt. Schade. Sexualforschung interessiert mich ja auch theoretisch ganz brennend. Ich erinnere mich, neulich was über den Kinseyreport gelesen zu haben. Von 1948 ist der, wenn ich mich recht erinnere. Da ging es unter anderem auch um Bisexualität. Kinsey vertrat wohl die provokante These, dass sich gut die Hälfte aller Menschen bisexuell verhielten, aber er subsumierte darunter auch ungelebte Fantasien oder einmalige gleichgeschlechtliche Erlebnisse. Letztere gehören heute ja fast auf jeder Party zum guten Ton. Da bist du erst richtig interessant, wenn du von so was berichten kannst. Als ich jünger war, habe ich deshalb sogar darüber nachgedacht, so ein Ereignis zu fingieren, nur um zu *inner circle* meiner Clique zu gehören.«

»Ist das wirklich so?«, fragt Nike und zieht die Stirn kraus. »Also auf den Jurapartys habe ich so etwas nie beobachtet.«

»In irgendeinem Seminar über Gender Studies fiel mal der Name eines Berliner Sexualforschers. Irgendetwas mit H, glaube ich. Der sagt, dass die Einteilungen in hetero-, homo- und bisexuell aus wissenschaftlicher Sicht gar keinen Sinn ergebe. Das seien vielmehr willkürliche Kategorisierungen. Stimmt ja auch. Was ist denn mit all den schwulen Vätern und lesbischen

Müttern? Die müssten ja sonst ja auch alle bisexuell sein. Und außerdem können sich Vorlieben doch im Laufe eines Lebens ändern. Und dann sind Menschen eben auch nicht alle über einen Kamm zu scheren. Bisexuell ist ja nicht gleich bisexuell. Der eine verschafft sich die kurze Befriedigung neben seiner Beziehung, der andere legt Wert auf Monogamie, wieder ein anderer will vor allem einen ehrlichen Umgang miteinander. Wie Beziehungen gelebt werden, ist eben unterschiedlich. Ob homo, hetero oder bi, macht da keinen Unterschied.«

»Allerdings«, merkt Carla an, »gibt es immer noch dieses Vorurteil, dass Männer weniger Probleme mit einer bisexuellen Partnerin hätten als Frauen. Das gilt ja als der Porno-Männertraum vom sexuellen Glück schlechthin: zwei Frauen beim Sex beobachten und mitmischen dürfen. Aber ich bezweifle, dass das die Wirklichkeit trifft. Es geht ja auch um Ängste vor dem möglichen Verlust und um Eifersucht. Um offen bisexuell zu leben, müssen die Partner schon recht reife Persönlichkeiten sein, oder?

»Ich kenne da eine Anekdote«, mischt sich jetzt auch Lana ein, »die hat mir mal ein schwuler Bekannter aus Köln erzählt. Der hat in einer Schwulensauna gekellnert. Da gab es einen Abend nur für verheiratete Männer. Die Gespräche liefen ungefähr so: ›Wenn mich meine Frau nur nicht sieht. Ich wäre erledigt!‹

Darauf der Typ daneben: ›Ja, das wäre furchtbar. Aber wie sollten unsere Frauen dahinterkommen? Die fahren ja nicht zig Kilometer nach Köln rein, nur um uns hier in einer Schwulensauna zu suchen.‹

Darauf wieder der andere: ›Stimmt schon, das ahnen die ja nicht mal. Aber trotzdem, irgendein dummer Zufall und mein Leben ist hin.‹

Und dann sind die abgezogen, um zu vögeln, ganz schnell, versteht sich, damit sie nicht in Erklärungsnöte geraten, gegenüber den Kindern, der Frau oder der wachsamen Schwiegermutter.

Mein Bekannter hat sich über diese Farce immer lustig gemacht. Von außen betrachtet ist das ja auch nachvollziehbar. Aber aus deren Perspektive sieht das ganz anders aus. Ein verwirktes Leben. Niemals ganz sie selbst sein dürfen und immer diese Geheimniskrämerei.«

»Oh je«, seufzt Carla. »Jetzt brauchen wir wohl noch eine schöne Geschichte. Ja, ich geb's ja zu, ich bin neugierig.« Tessa pflichtet ihr bei: »Eine wirklich schöne Geschichte, bitte Marja!« Und Lana sagt: »Genau, wie deine andere auch. So zum Träumen.« Nur Nike äußert in kritischem Ton: »Aber auf keinen Fall zu kitschig!« Lana stöhnt laut auf: »Och, Nike.« – »Du hast mich gar nicht zu Ende reden lassen. Ich wollte eigentlich sagen: Sonst sehne ich mich noch nach so einem Zauber.« Sie sieht Lana an und greift nach ihrer Hand, die sie im Dunkeln fest umschließt.

Marjas zweite Geschichte

Close-up

Eine schöne Geschichte zum Abschluss? Lasst mich mal nachdenken. Hmm … Ihr kennt doch Tristan, oder? Den Fotografen, meine ich. Meine Güte, so einen Namen müsst ihr euch doch merken. Tessa? Lana? Nein, wirklich nicht? Habe ich nichts von ihm erzählt?

Tristan und ich kennen uns schon fünf Jahre lang. Obwohl, kennen ist vielleicht zu viel gesagt. Ich gehe ja oft ins Kino. Liegt vielleicht an meinem Vater. Der betreibt ja auch ein kleines Filmtheater. Als Kind bin ich da immer hin. Später waren meine Eltern geschieden und mein Vater hat das Kino abgegeben und in Baden-Baden eine neue Filiale aufgebaut. Weit weg von uns. Trotzdem bin ich weiter ins Kino gerannt. Zum ehemaligen Konkurrenten. Zweimal die Woche bestimmt. Heute in Berlin mache ich das nicht anders. Hier hat man ja die große Auswahl.

Besonders gern gehe ich aber in dieses kleine Kino bei mir um die Ecke. Das zeigt auch die außergewöhnlichen Streifen. Tristan arbeitet dort. Er hat an der Kunsthochschule studiert. So richtig mit Diplomabschluss.

Seine Collagen sind großartig und sicherlich könnte er sie auch verkaufen. Er müsste sich nur mal um ein paar Ausstellungen bemühen. Aber Tristan kümmert so etwas nicht. Er gibt mir die Karten. Manchmal lässt er mich umsonst rein.

»Viel Spaß«, sagt er.

Wenn ich zu spät komme, leuchtet er mir im Dunkeln mit einer Taschenlampe. Unsere Körper werfen Schatten an die Wand. Irgendwer tuschelt im Saal. Ich setze mich schnell hin und er verschwindet.

Tristan ist einer der Menschen, die einen für Sekunden erstrahlen lassen, wenn man ihnen begegnet. Man bemerkt es am plötzlichen Anstieg der Stimmung. Danach geraten aber der Zustand und die ihn auslösende Person augenblicklich in Vergessenheit.

Sein Anblick beruhigt mich jedes Mal, wenn ich allein ins Kino eile, weil mich irgendeine Affäre aufgeregt hat oder ein Gast zudringlich geworden ist oder ausnahmsweise sonntags kein *Tatort* gesendet wurde. Letzteres bringt mich besonders durcheinander. Ich brauche meine Rituale. Meine Mutter überweist mir immer noch hundert Euro extra fürs Kino jeden Monat. Ich kann sie einfach nicht davon abbringen. Bußgeld für die Scheidung.

Ich komme meistens zu spät, weil ich noch kontrollieren muss, ob die Fenster auch wirklich geschlossen sind, wegen meiner Katze, ihr wisst schon, und ob die Kaffeemaschine aus ist und die Heizungen runtergedreht sind, wenigstens im Winter.

Dann renne ich um die paar Blocks, bin ganz rot im Gesicht, und er fragt: »Alles in Ordnung bei dir?« Und ich sage: »Der *Tatort* ist mal wieder ausgefallen.«

»Ich verstehe.« Er drückt mir eine Freikarte in die Hand.

»Danke«, sage ich und mir fallen seine kurzen blonden Haare auf. Die haben einen ähnlichen Struwwelschnitt wie meine. Ich muss lachen.

»Warum lachst du?«, fragt er. Ich deute erst auf meine, dann auf seine Haare. Er versteht und muss jetzt auch lachen, aber wir sind schon im Saal und irgendwer beschwert sich, der Film habe schließlich schon angefangen. Da verlässt er den Vorführraum. Er muss an die Kasse zurück.

Als ich rauskomme, fragt er mich nach meinem Namen.

»Ich bin Marja.«

»Tristan«, stellt er sich vor.

Dann kommt es mir plötzlich albern vor, noch in der Dunkelheit vor seinem Kassierhäuschen zu stehen. Es ist außerdem kalt, ein trister Januartag, der Wind bläst mir eisig ins Gesicht und deshalb sage ich: »Bis bald«, und er ruft mir hinterher: »Ja, bis bald.«

Immer wenn ich mich einsam fühle, renne ich ins Kino. Dort versinke ich in eine andere Welt. Meine Existenz wird für ein paar Sekunden fortgespült. Du wirst zur Hauptfigur in einem Film, nimmst Gefühle auf, lässt dich treiben. Wenn es schlimm um den Protagonisten oder die Protagonistin steht, kannst du dich später besser oder betroffen fühlen. Wenn es ihm oder ihr gut geht, passiert das auch mit dir. Du wandelst dich wie ein Chamäleon. Dein eigenes Universum wird ganz klein dabei. Das ist wie ein Rausch.

Bei hippen jungen Filmen werde ich jedes Mal so übermütig. Spreche daraufhin wildfremde Männer in irgendwelchen Kneipen an oder trauere meinen missglückten Affären hinterher. Rufe bei Franz an: »Ich will dich sehen. Ich wollte dir schon immer einmal sagen, dass du ein Riesenarschloch bist.« *Klick* macht es in der Leitung. Ich versuche es bei Matthias: »Lass uns ficken, jetzt sofort.« Das wird enthusiastischer aufgenommen. »Wann?«, fragt er.

»Sofort! Ich komm zu dir. Sagen wir in einer Viertelstunde?«

»Ich geh nur noch eben duschen«, erwidert er und legt auf. Ich bin jung und kann Sex bekommen, wann immer ich will und bis zum nächsten Morgen bin ich nicht allein. Ich mache mir keine Illusionen.

Nur mit Liebesfilmen habe ich meine Probleme. Die bedeuten Ärger. Die wirbeln mein Leben durcheinander und ich brauche Tage, um mich davon zu erholen. Am 23. April dieses Jahres ist es dann doch passiert. Ich weiß das so genau, weil es der Geburtstag meines Vaters ist. Ich habe auf seinen Anrufbeantworter gesprochen. »Hier ist der Anrufbeantworter von Peter«, ein Mädchen kichert, »Petra und Leonie. Aber ihr könnt eine Nachricht für uns hinterlassen.«

»A-a-alles Gute zum Geburtstag, Papa«, formuliere ich, die Worte rollen sich langsam von meinen Lippen ab, fallen wie einzelne Münzen zu Boden. Es klirrt, als sie aufschlagen. Das Geräusch irritiert mich. Mir fällt nichts ein, was sich noch zu sagen gelohnt hätte. Deshalb lege ich auf, werfe meine Jacke über, schlüpfe in die Sneakers und gehe einfach der Nase nach.

Es riecht frisch, der Frühling liegt schon in der Luft und wappnet sich, den Winter zu vertreiben. Ich habe nicht darüber nachgedacht, stehe aber plötzlich vor dem Kino. Der kleine Zeiger steht auf der Vier.

Tristan ist da, sieht mich dort stehen und nickt mir auffordernd zu. »Ich nehme, was gerade läuft«, sage ich. Er lächelt, will etwas sagen, es gelingt ihm nicht, weil ich ihn dabei unterbreche. »Mach schnell, bitte. Das ist ein Notfall.«

»Schenk ich dir«, sagt er und »Geht in zehn Minuten los.«

Also stehe ich im Foyer und warte, dass die Zeit vergeht. Trete von einem Fuß auf den anderen. Als das nicht mehr hilft, schlendere ich die Reihen mit den Filmplakaten und alten Schwarzweißfotografien ab.

Buster Keaton zwischen Romy Schneider und Charlie Chaplin. Seltsame Zusammenstellung. Plötzlich steht Tristan neben mir. Er hat sein Kassierhäuschen verlassen. »Es ist ein Liebesfilm«, sagt er. Ich zucke unwillkürlich zusammen. »Mein Vater hat eine neue Familie.« Und weil das komisch klingt, als die Worte raus sind, frage ich: »Geht der Film gut aus?«

Er zuckt die Achseln. »Ich habe ihn noch nicht gesehen. Liebesfilme haben seltsame Nebenwirkungen.« Ich starre ihn an. Er tritt aus seiner Statistenrolle, wird farbig. Ein kleines Muttermal auf seiner rechten Wange.

»Der Film fängt an«, sagt er und berührt dabei meine Schulter. »Kino zwei. Du findest den Weg?« Ich nicke. Es gibt doch nur zwei Säle.

»He«, ruft er mir hinterher. »Ich habe nach dem Film Feierabend. Gehen wir noch was zusammen trinken?« Ganz selbstverständlich fragt er, als wären wir alte Bekannte. Sind wir ja auch, irgendwie.

»Ja, gern«, antworte ich und wende mich ab.

Der Saal ist schon abgedunkelt. Er verschluckt mich. Wie in einem Walfischbauch schaukle ich davon. Auf der Leinwand das Becks-Schiff. *»Sail away«*. Keine anderen Gäste. *»You can fly.«* Kann ich? *»On these wings of freedom, you can reach the sky.«*

Danach wird Langnese-Eiscreme besungen und der Sommerspaß, eine nahe gelegene Pizzeria bietet Kinokunden Sonderkonditionen und Parken ist dort auch umsonst. Aha.

Dann die Vorschau. Ich bekomme nur die Hälfte mit, bin froh, hier zu sein. Zu Hause wartet bloß Colette, meine dicke, gestromte Hauskatze.

»Ein Generationenfilm für die ganze Familie«, tönt es durch die Lautsprecher. Unwillkürlich kommt mir meine Mutter in den Sinn. Die geht morgens ins Büro, »Guten Morgen, Herr Winke«, tippt Daten in den Computer, kopiert, beantwortet

Telefonanrufe, »Guten Abend, Herr Winke, grüßen Sie Ihre Frau.« Dann fährt sie die Anlage herunter, schließt die Rollläden und geht als Letzte nach Hause. Wir telefonieren jeden Abend. Sie erzählt mir von ihrer Freundin Maria und den Kindern, die so alt sind wie ich, von den immergleichen Abläufen, dem Winter, dem Sommer, und dann legen wir auf, sie nimmt ein Buch aus dem Regal, je nach Stimmung, Margaret Atwood zum Beispiel, und liest. Ins Kino geht sie nicht mehr. Wir sehen uns einmal im Monat.

Weiter kommen meine Gedanken nicht, der Hauptfilm unterbricht sie. Ich folge den zwei Figuren, eine Frau und ein Mann, ganz klassisch, deren Leben so vor sich hin rieselt und nichts passiert, bis sie sich dann endlich begegnen.

Sie werden Freunde und verlieben sich, ohne es zu bemerken. Nachts sitzen sie in Cafés, der Zigarettenrauch hüllt sie ein und sie reden bis zum Morgen. Später steigt jeder in seinen Bus und fährt nach Hause. Da sitzen sie dann wieder, diesmal allein, und nichts passiert, bis sie sich wieder treffen. Erst am Schluss schlafen sie miteinander.

Das ist furchtbar romantisch und schön. Ich will, dass das so bleibt und dass sie Kinder bekommen und glücklich werden und nicht mehr allein sind und endlich etwas geschieht. Aber es gelingt ihnen nicht. Sie schlafen miteinander, lieben sich, bleiben Freunde. Aber sonst passiert nichts, sie werden kein Paar. Der Drehbuchautor macht sich nicht die Mühe, mir das zu erklären. Ich muss es hinnehmen und verlasse wütend das Kino, noch während des Abspanns.

»Und?«, fragt Tristan. »Wie war's?«

»Es gibt kein Happy End. Ich verstehe das nicht. Es macht keinen Sinn.« Ich reiße die Augen auf, mein Kopf wird ganz rot, ich steigere mich da rein.

»Das ist ein realistischer Film«, antwortet er. »Französischer Stil. Er wird als tragisch-komisch gehandelt.«

Ich schüttle missmutig den Kopf. »Von wegen tragisch-komisch. Gelacht hab ich nicht und tragisch war er auch nicht. Die hatten ja Handlungsoptionen. Und geliebt haben sie sich auch.«

»Soso«, sagt er und legt den Arm um mich. »Jetzt kenn ich dich schon etwas besser. Lass uns was trinken gehen, ja?«

Wir schlendern Arm in Arm. Vorbei an dem antiquarischen Buchladen, in dem ich häufig stöbere, vorbei an meinem Teegeschäft, ich grüße den Besitzer mit einem Kopfnicken, vorbei an der Wiener Konditorei, dem Bioladen, dem Second-Hand-Shop.

Wir reden nicht, genießen diese erste Berührung, ganz selbstverständlich nebeneinander zu gehen.

Nachdem wir eine Runde gedreht haben und wieder am Ausgangspunkt angekommen sind, fragt er: »Wollen wir hier hinein?«

»Ja, das Kinocafé, das passt.«

Zwei Männer am Tresen sind in ein Gespräch vertieft. Am Fenster ein Langhaariger mit Lesebrille. Daneben eine zierliche Frau mit Kulleraugen. Sie nickt immerzu und zieht an ihrer Zigarette. In einer Ecke ein lesbisches Pärchen: Sehen aus wie Zwillinge. Beide mit langen dunklen Haaren und hellem Teint, schneewittchenlike. Sie küssen sich.

»Wohin?«, frage ich. Er deutet in die noch freie Ecke am Fenster. Wir setzen uns. Verbringen die halbe Nacht in diesem Café, reden uns die Köpfe heiß, rauchen und lachen. Zwischendurch machen wir kleine Spaziergänge an der Spree. Kühlen uns ab.

»Zu heiß da drinnen, oder?«

»Ja«, sage ich.

Am frühen Morgen begleitet er mich nach Hause. Wir holen sein Fahrrad, das noch beim Kino steht. Ein Wangenabschiedskuss. Die Telefonnummern haben wir längst ausgetauscht. Es ist klar, dass wir uns wiedersehen werden. Im Kino, im Café, zum Spazierengehen.

Ich ertappe mich, wie ich beim Abspülen pfeife und meine Aufgaben schneller als sonst erledige. Selbst den Betrunkenen in unserer Kneipe bringe ich mehr Geduld entgegen. Verliebt bin ich nicht. Ich warte nicht auf seine Anrufe. Ich greife selbst zum Hörer. Ich bin nicht mehr allein.

Derart beginnt unsere Freundschaft. In den nächsten Monaten zeigt er mir seine Bilder und ich erzähle ihm meine Geschichte.

»Sei nicht so verschlossen, Marja«, zieht er mich immer auf.

Dann liefere ich ihm weitere Puzzlestücke.

Er setzt sie zusammen und freut sich, wenn eines zum anderen passt. Er hält mich auch jedes Mal ab, wenn ich nach einem dieser hippen Filme einen meiner Ex-Lover anrufen will, um sie sinnlos zu beschimpfen.

»Gib mir dein Handy«, sagt er.

Wenn ich den Kopf schüttle, droht er an, mich zu kitzeln. Dann gebe ich ihm das Telefon, sage: »Du hast ja Recht.«

»Natürlich«, antwortet er und grinst.

Seit wir uns kennen, muss ich auch nicht mehr vögeln, um morgens nicht allein zu sein. Ich übernachte einfach bei ihm. Jeder unter seiner Decke, versteht sich. Er bekommt einen Gutenachtkuss auf die Wange und morgens frühstücken wir gemeinsam: Milchkaffee und frische Brötchen und Orangensaft.

An einem solchen Morgen fragt er: »Ich mache jetzt Aktfotos. Würdest du mir Modell stehen?«

»Hmm«, mache ich, weiter nichts. Er hakt auch nicht mehr nach.

Zwei Tage später sitze ich – wie so oft – in seinem Ohrensessel. Die Füße auf dem Fensterbrett, ein Buch auf meinem Schoß, lasse ich die Gedanken treiben. Klick, macht es und noch mal klick. Ich wende mein Gesicht in die Richtung des Geräusches. Klick.

»He, was soll das!«, rufe ich aus. »Was treibst du da?«

»Nach was sieht es denn aus?«, fragt er und hält die Kamera hoch. »Du sahst so versunken aus. Das musste ich festhalten.«

Pause. Als ich ihn nur ansehe und gespielt die Hände in die Hüften stemme, fügt er hinzu: »Du bekommst auch Abzüge.«

»Gib mir mal die Kamera!«, fordere ich ihn auf. Tristan zögert.

»Na mach schon, gib her.«

»Meinetwegen. Aber sei vorsichtig mit ihr.«

Ich schnaube verächtlich durch die Nase, reiße seinen Fotoapparat an mich und halte, während ich »Männer und ihre Spielzeuge« sage, auf sein Gesicht. Fange seine erstaunte Mimik ein, sein dramatisiertes »Also, also, Fräulein«, seinen erhobenen Zeigefinger.

Dann jagt er mir die Kamera ab. Sagt albernes Zeug. Wir schütteln uns vor Lachen. Ich halte mir den Bauch, kann gar nicht mehr aufhören zu kichern, es tut schon weh.

Tristan fotografiert einfach weiter, ich winke ab, klick und wieder klick, bis wir beide mit dem Rücken auf seinen blanken Holzdielen liegen, völlig erschöpft.

Unser Atem beruhigt sich. Minuten liegen wir so da, nebeneinander. Wir sehen uns an.

»Schön, dass du da bist«, sagt er. Ein Nachbar spielt *Vienna waits for you.* Diese eingängige Melodie, rauf und runter, und als das Lied zu Ende ist, sage ich: »Mach die Fotos von mir.«

»Jetzt? Sofort?«

»Ja, jetzt gleich. Sonst überleg ich es mir noch anders.«

Tristan steht auf, reicht mir seine Hand, zieht mich hoch.

»Dann leg mal ab«, grinst er.

Ich streife mein grünmattes Oberteil über den Kopf. Klick. Schlüpfe aus den Jeans. Klick, klick, klick. Schnell hintereinander. Öffne meinen Spitzen-BH. Tristans Augen werden von der Kamera verdeckt. Ich achte auf seine Hände, die immer wieder den Auslöser betätigen. Ich flirte mit dem Apparat. Tristan verschwindet dahinter. Ein Spiel ohne Folgen. Er bleibt still, überlässt mir die Regeln. Noch habe ich mein weinrotes Höschen an. Ich lege den Zeigefinger auf die Lippen, den Blick immer direkt in die Kamera gerichtet, öffne leicht den Mund, versenke die Fingerkuppe einen Spalt breit darinnen.

»Mannomann«, ist der erste Ausruf, den ich von Tristan vernehme. »Du gehst aber ganz schön ran.«

»Tu ich das?«, frage ich zurück.

Ganz cool. Nur locker bleiben. Gerade war ich so drin. Jetzt geht gar nichts mehr. Der Nachbar hat 'ne andere CD eingelegt. Tristans Stimme ist mir so nah, körperlich spürbar.

»Ich glaub, das reicht für heute«, sage ich.

Er sieht mich überrascht an, protestiert aber nicht. »Schade«, sagt er nur und: »Wann machen wir weiter?«

Ich brummele, ohne zu überlegen: »Morgen Abend«, schließe den BH und ziehe mein Oberteil wieder an.

»Du bist ein Naturtalent«, scherzt er und ich frage zurück: »Woher willst du das wissen? Du kennst die Fotos doch noch gar nicht.«

»Ich kenne aber dich.«

An diesem Abend trinken wir billigen Rotwein aus bauchigen Flaschen und kuscheln uns beim *Tatort* aneinander. Ich trage einen grauen Flanellpyjama, Tristan nur dunkelblaue Boxershorts. Meinen Kopf auf seinem festen Bauch, schlafe ich ein.

Am Morgen hat Tristan schon Frühstück gemacht. Es gibt Lachs, Kaviar und Fischpaste aus der Tube. Dazu Eibutter, Senf und mehrere Sorten Brot. In zwei Flöten ist Sekt gefüllt. Daneben steht Orangensaft und in zwei Schalen Milchkaffee.

»Alles für mich?«, frage ich.

»Das hat mein Nachbar vorbeigebracht. Der hat gestern Nacht für einen finnischen Cateringservice gekellnert. Das hier sind die Reste. Durfte er mitnehmen.«

Ich lege eine Hand auf sein Knie. »Und ich dachte schon, du hast dich verliebt.«

»Wer weiß das schon«, sagt er.

Mittags bekomme ich eine SMS von ihm: »Denk an unseren Fototermin heut Abend. Freu mich auf dich, Tristan«.

»Was soll ich anziehen?«, simse ich zurück.

Kurz darauf die Antwort: »Nichts«.

Ich ziehe mir tatsächlich nichts unter meinen violetten Ledermantel aus dem Second-Hand-Shop, nicht mal einen String. Dazu Absatzschuhe. Parfüm aufgetragen, Lippen geschminkt, diese kleinen lilaschimmernden Ohrringe reingemacht, ein bisschen Wimperntusche, Puder. Mann, so laufe ich sonst wirklich nicht rum. Es ist eh zu warm für einen Mantel.

Klamotten für morgen in meine Tasche gestopft, Taxi gerufen und auf das Klingeln gewartet. Vorsichtig stakse ich durchs Treppenhaus, will nicht unbedingt jemandem begegnen, tu ich dann aber doch. Aber der alten Dame, Frau Zukunft, fällt natürlich nichts auf, nicht mal mein puterroter Kopf oder meine ungewöhnliche Eile. Den Mantel umschlinge ich ganz fest mit den Armen. Rein ins Taxi, den Fahrer nicht ansehen, die Adresse sagen und aus dem Fenster starren. Zu viel Trinkgeld geben. Egal. Alles egal jetzt. Der muss mich für bescheuert halten. Hätte er auch Recht mit.

Ich klingele, Tristan macht auf. Ich trete ein.

»Frierst du oder warum legst du nicht ab?« Ich schüttle stumm den Kopf. Alle Vorstellungen von mir und diesem Auftritt lösen sich in Luft auf. Ich bleibe stehen und umklammere meinen Mantel.

»Marja, was um alles in der Welt ist los? Wir müssen diese Fotos nicht machen, wenn du nicht willst.«

»Doch, doch«, sage ich und Tristan meint: »Du riechst gut« und will meinen Mantel öffnen.

»Lieber nicht«, sage ich, »hol besser die Kamera.« Er geht in sein Zimmer, taucht mit der Nikon um den Hals wieder auf, um mich mit sich zu ziehen. In seinem Zimmer stehen diese Studiolampen. Überall verteilt.

Den Couchtisch hat er an die Seite geschoben. In der Mitte ist eine freie Fläche entstanden. Genau da stehe ich jetzt, angestrahlt und ausgeleuchtet. Er hält die Kamera auf mich gerichtet. »Mach endlich den Mantel auf, Marja, sonst tu ich's.«

Umständlich und lange mache ich mich an meinem Gürtel zu schaffen. Klick. Lasse ihn herabfallen. Klick, klick. Meine Brüste sind noch verdeckt, aber mein Bauchnabel, der Spalt meiner rasierten Möse und meine Schenkelinnenseiten sind zu sehen.

Klickklickklick.

Tristan kniet auf dem Boden und hält auf meine Scham. Ich lasse mich auf alle viere fallen. Der Mantel bedeckt meinen

Rücken, fällt aber so zur Seite, dass meine Brüste sichtbar werden. Kleine, feste Brüste. Jetzt bin ich froh darum. Besonders in dieser Stellung. Sie hängen nicht so gen Boden.

»Darf ich?«, fragt Tristan, wartet aber meine Antwort nicht ab und rutscht mit seiner Kamera unter mich. Die Linse berührt fast meinen Bauch.

»Close-ups«, erklärt er, betätigt einige Male den Auslöser und rutscht wieder hervor.

Ich richte mich auf, knie mich vor ihn.

Erinnert euch an diese *Dirty Dancing*-Sequenz, die kennt ihr doch alle, *Baby, ooooh baby, my sweet baby, you're the one.*

An diese Szene denke ich jetzt, wo er so vor mir kniet und ich vor ihm. Eigentlich müssten wir im Vierfüßlerstand aufeinander zu krabbeln, so wie im Film, tun wir aber nicht, merkwürdigerweise.

Immer hab ich diese komischen Assoziationen im falschen Augenblick. Er bemerkt nichts davon, es gibt ja auch nichts zu bemerken, steht mir ja nicht auf die Stirn geschrieben. Stattdessen streift er mir den Mantel ab und hält die Kamera auf mein Gesicht. Ich verberge es hinter meinen Händen. Klick. Luge zwischen den Fingern hervor. Lache vorsichtig. Klickklick. Nehme die Hände wieder herunter.

»Pause«, sage ich. »Bitte! Pause!«

Er lässt die Kamera sinken, legt sie auf den Tisch, der am Rand des Zimmers steht, und nimmt mich in den Arm. Streichelt durch mein kurzes Haar.

Da steht also ein völlig angezogener Mann, dein bester Freund, und umarmt dich, während du nackt vor ihm stehst, und es ist dir ein bisschen peinlich, dass deine Nippel steif werden und deine Muschi auch schon feucht ist. Die Aufregung, denkst du, denke ich. Ein bedeutungsloser Rationalisierungsversuch, dir wird die Situation gleich entgleiten, also mir entgleitet die Situation, genau, schon richtig gedacht, das war die Einleitung dazu.

Das beginnt damit, dass ich ihn ansehe. Zu lange. Viel zu lange, um genau zu sein. Und dann küsst er mich. Seine Lippen sind so zart, er riecht schon so vertraut, wir kennen uns so gut. Ich weiß wirklich nicht, was das werden soll, wenn es groß und ausgewachsen ist, noch ist es klein. Wir küssen uns sacht, machen die Augen zu, und er sagt: »Hör nicht auf«, als ich einen Schritt zurückweichen will.

Also unter uns, von zurückweichen wollen kann gar nicht die Rede sein, ich gebe nur vor, zu wollen, nur ganz kurz. Ein bisschen zieren schadet nichts, wie die Diven in den Hollywood-Schinken. Scarlet O'Hara. Was weiß ich, interessiert mich auch nicht besonders in diesem Augenblick.

Mann, was denke ich für einen Unsinn. Ihr seht, die bloße Erinnerung bringt mich noch durcheinander.

»Was wird das, wenn es groß ist?« Diesmal finden die Gedanken zwischen den Küssen über meine Lippen. Tristan hält inne. Ein Grübchen gräbt sich in seine rechte Wange.

»Ach, Marja, mein Zuckerkrümel ... Du bleibst du, ich bleibe ich. Keine Ahnung, was das Leben aus uns macht.«

Wieder küsst er mich. Spürt meine Unsicherheit, meine Zweifel. »Alles ist gut.«

»Auszeit«, murmele ich, während er weiterküsst. Seine Hände streicheln meine Wange, meine Schulter hinab, meine Seite. »Ja«, sagt er, »unsere Auszeit.«

Er streift meinen Po. Seine Hände sind warm. Ich erwidere seinen Kuss. Lippen tasten Lippen, saugen an unseren Zungen, vereinigen sich. Tristan greift unter meinen Unterschenkel, zieht mein Knie zu seiner Hüfte, bewegt zögernd sein Becken. Sein Schwanz reibt sich an meiner Möse.

Das wäre meine letzte Möglichkeit gewesen, die Situation zu stoppen, ich weiß es. Aber jetzt kommt mein anderes Ich zum Vorschein, die Kontrolle mal ausschalten. Das alte ordnet den Kleiderschrank neu, alles nach Farbe, Anlass und Jahreszeit sortiert. Aber mit Tristan ist alles anders. Er ist meine bessere Hälfte, nur ohne Sex. Was passiert, wenn wir das auch noch mitnehmen? Diese Rosawolkenphase haben wir nie gehabt. Aber sein Körper fügt sich an meinen. Keine gefühlten Hindernisse, keine Schranken. Ich will das gar nicht stoppen.

Wo bin ich stehengeblieben?

Genau, er ist ja immer noch angezogen und zieht mein Knie an seine Hüfte. Ich wackle ein bisschen, aber Tristan stützt meinen Rücken und presst sein Becken jetzt weniger zögernd an meines, bewegt sich kreisend. Ich fühle seinen festen Schwanz, der gegen meinen Körper drängt.

»Warte mal«, sage ich, öffne den Gürtel seiner Hose.

»Ich kann doch unmöglich allein so nackt sein«, kommentiere ich mein Tun, knöpfe währenddessen sein Hemd auf und ziehe es ihm aus. Er schmeißt seine Strümpfe in eine Ecke des Raumes, macht sich an seinen Jeans zu schaffen, entledigt sich ihrer. Nur noch seine verwaschenen grauen Boxershorts bedecken seinen Schwanz. Tristans Oberkörper ist ganz glatt, seine Achseln auch.

Er ist einer dieser schmalen Typen, ihr wisst ja, auf welche Körperlichkeit ich bei Männern abfahre. Es sind immer diese androgynen Typen, schlaksig bis schlank, Künstler, Philosophen, Schauspieler, manchmal. Die Bankkonten meiner Männer sind leerer als mein eigenes und Macken haben sie zuhauf. Neurosen, die meine noch übertreffen. Aber Tristan ist da anders. Er mag mich wirklich. Keine bloße Bettgeschichte. Das muss ich mal begreifen, dass es so was gibt. Ich bin da nämlich langsam gestört.Zu viele Abstürze auf der Suche nach der großen Liebe. Verstörte Tage danach.

Aber ich schweife ab. Also, weiter im Text. Jetzt wird's erst richtig spannend. Er zaudert, sich ganz zu entkleiden. Das schätze ich an ihm. Die letzten kleinen Ängste. Trotz seiner Selbstsicherheit. Er steht da und weiß nicht, was als Nächstes zu tun ist. Unsere Herzen schlagen im Gleichklang. Die Aufregung steht uns in die Gesichter geschrieben, spiegelt sich in unseren Körpern wider. Seine Mundwinkel zucken, meine Hände suchen nach einem Halt, meine Augenlider klimpern. Er löscht kurzerhand das Licht. Nimmt meine Hand und führt mich zu seiner Matratze. Auf die sinken wir, kuscheln uns unter eine schmale Decke.

»Tristan …«, flüstere ich.

»So ist es besser«, sagt er.

»Ja, viel besser«, entgegne ich.

Unter der Decke finden unsere kalten Füße zueinander, er umarmt mich, wir wärmen uns gegenseitig.

»Zieh doch die blöde Unterhose aus«, bitte ich.

Er macht schnell, legt sich dann wieder zu mir.

»Marja«, flüstert er. »Ich hab dich richtig lieb.«

»Ja, dito«, raune ich warm in sein Ohr.

Und dann verhaken sich unsere Beine ineinander. Er rollt sich auf mich, küsst mich und wie selbstverständlich dringt er in mich ein. Sacht und vorsichtig. Wir liegen ineinander. Erst bewegen wir uns nicht. Lauschen unserem Atem, fühlen uns.

»Du bist wunderbar«, murmelt er.

»Du auch, Tristan. Versprich mir, dass das mit uns nicht aufhört. Was auch immer daraus wird.«

»Ich verspreche es«, flüstert er und legt mir einen Finger auf die Lippen. Dann beginnt er langsam in mich zu stoßen.

Ich mache nichts. Nehme bloß seine sachten Stöße auf. Sein Gewicht auf mir. Die Reibung stimuliert meine Klit Tristan umarmt mich. Ich drücke jedes Mal gegen seine Schultern, wenn er seinen Schwanz zurückzieht, stöhne auf, wenn er wieder ganz in mich hineinfährt.

Unsere steigende Erregung. Welle um Welle. Aufbäumen, Entgegennehmen, Erwidern, Steigern des Tempos. Anschwellen, Hitze, Flüssigkeit. Gemeinsamer Höhepunkt. So wie wir. Warm, zugeneigt, einmütig. So liegen wir noch lange aneinander.

»Ich bin immer für uns da … selbst wenn du jetzt schwanger wirst«, sagt er. »Gut zu wissen.«

Er küsst mich, zieht seinen erschlaffenden Penis heraus, streichelt meinen Bauch. »Ich würde mich freuen. Mit dir ist mein Leben …«, beginnt er. Ich unterbreche ihn: »Ich nehme die Pille, Tristan.«

»Ach, so.« Pause. Dann sagt er: »Ja, natürlich.« Er bietet mir seinen Arm. Ich kuschle mich hinein. Der Nachbar spielt wieder Schmusesongs.

»Das kenne ich«, bemerke ich.

»Play it again, Sam!«, zitiert Tristan. Dann stimmen wir beide lautstark in den Refrain ein: *»And when two lovers woo, they still say, I love you …«*

»Schon schön«, meint er und ich sage gar nichts mehr. Lausche den Geräuschen, die von der Straße zu uns hochdringen, rieche Tristans Duft gleich neben mir und halte die Augen auf seine Zimmerdecke gerichtet.

»Was soll das da eigentlich bedeuten?«, frage ich und deute mit dem Zeigefinger zu den Leuchtsternen an der Decke.

»Darüber habe ich auch schon gerätselt. Ist noch von meinem Vorgänger. Eindeutig ein Schriftzug, aber nicht zu entziffern.«

»Meditativ«, sage ich. Über der Betrachtung der Zeichen schlafe ich ein.

Morgens hat er Frühstück gemacht. Kein Lachs, kein Sekt. Aber liebevoll hergerichtet. Mit Ei und Milchkaffee und Sonnenblumenkernbrötchen. Ein Strauß Tulpen steht auf dem Tisch.

»Für dich«, sagt er. »Und für unseren gemeinsamen Frühling. Rosen, dachte ich, passen nicht zu unserer Freundschaft.«

»Nein«, stimme ich ihm zu. »Danke. Frühlingsblumen sind genau richtig.« Wir küssen uns an diesem Tag nicht mehr und halten auch keine Händchen. Aber tatsächlich ist alles gut. Unser Zwischenspiel hat nichts geändert. Nur manchmal, wenn die Sehnsucht groß ist, die Nächte zu lang geworden sind oder der Mond voll am Himmel glänzt, wenn wir zu viel Bier getrunken und die sanfte Hand des einen zufällig die nackte Haut des anderen streift, haben wir Sex. Dann überlassen wir den anderen ihre Grenzen. Wir benötigen sie nicht.

*

»Hmm«, macht Tessa. »So hat das mit Marc und mir auch angefangen. *Hicks.*« Tessa kämpft mit ihrem Schluckauf. »Alkoholbedingt, sorry«, sagt sie. »Bin ich nicht gewöhnt.«

Marja greift sich eine Handvoll Salzstangen, beißt ab und kaut genüsslich darauf rum, während sie antwortet: »Ich werde aber bestimmt nicht heiraten und dann noch mit Reihenhäuschen und Absicherung und konservativem Lebensmodell. Die große Liebe finde ich eh nicht. Tristan und ich definieren uns bloß als Freunde, die auch mal mehr miteinander teilen. Wir sind kein Paar wie ihr.«

»Ja, aber Tristan kam doch auf die Idee, hicks, entschuldigt bitte, ein Kind mit dir zu haben. Und dann wäre Familienplanung und Zusammenkommen ganz schnell eins geworden«, bemerkt Tessa.

»Nur dass ich da nie mitgespielt hätte. Ich träume nun mal von romantischer Liebe. Diesen Blödsinn von Vernunftehe und wir verstehen uns doch so gut als Freunde, das mach ich nicht mit. Sind echt komische Vorstellungen, hab das jetzt schon von einigen Bekannten gehört, breiten sich aus wie eine Virusinfektion.«

Lana streckt ihre Hand aus und ergreift Marjas: »Stimmt schon, solche Leute sind oft frustriert von den eigenen Erfahrungen in Sachen Liebe. Besonders bei meinen männlichen Kollegen gewinnt dieses Lebensmodell gerade an Popularität. Die haben meistens einige gescheiterte Beziehungsversuche hinter sich, oder die große Liebe hat ihnen den Laufpass gegeben. Die glauben dann wirklich, in solchen Ideen einen Ausweg aus ihrem Dilemma zu finden. Einer von denen, Alexander heißt er, der hat es bei jedem Sex gleich darauf angelegt, dass die Frau schwanger wird. Dann wird sie schon bleiben, so seine Theorie. Eine Familie, so glaubt er, würde seinem Leben noch einmal eine andere Richtung geben. Deshalb erzählt er den Frauen irgendetwas von Latexallergie und dass er zu ihnen stehe, auch wenn was passiere, und so schlecht wäre das doch gar nicht. Manche Frauen schlafen mit ihm, unverhütet. Bisher ist er aber immer noch nicht Vater oder er weiß nichts davon.«

»Puh, wie gut, dass du auf die große Liebe wartest, Marja«, sagt Carla. »Und währenddessen bist du trotzdem nicht allein. Und Tristan auch nicht.«

»Stimmt schon«, brummelt Tessa. »Ihr seid füreinander da, ihr versteht euch, ihr lacht gemeinsam. Das ist gut so, wie es ist.«

Lana kichert: »Oder verbergen sich zwischen euch doch noch erotische Anziehungskräfte, die du uns verschwiegen hast?«

Sie zwickt Marja in die Seite. Die quietscht vergnügt auf und lacht. »Nein, nein, die sind mir noch nicht begegnet. Schade eigentlich. Wäre vielleicht die beste Lösung.«

Nike räuspert sich. »Hm, hm, hmm. Also wenn ich was dazu sagen soll. Ich meine ja nur, es spricht natürlich nichts dagegen. Nur, Marja, wenn du deine ganze Freizeit mit Tristan verbringst, kommt natürlich kein Mann in deiner Nähe auf die Idee, dich anzusprechen. Die glauben, du bist schon vergeben. Ich wette, ihr verbringt auch noch die Urlaube gemeinsam. Hab ich Recht oder stimmt's?«

Marja greift noch eine Handvoll Salzstangen. »Kannst du Gedanken lesen, oder was?«

Nike lacht: »Davon kann gar keine Rede sein. Geringes psychologisches Schlussfolgern reicht in diesem Fall schon aus.«

»Übertreib es nicht, Nike.« Carla mimt die Entrüstete und stemmt die Hände in die Taille.

»Ach was«, sagt Nike. »Wir kennen uns einfach gut. Da muss ich nicht viel sinnieren, um Einschätzungen abzugeben. Ein paar Motive, einige Kenntnisse der Persönlichkeit, allgemeines psychologisches Grundwissen, das reicht vollkommen aus.«

»Soso«, macht Carla. Sie unterdrückt ein breites Grinsen.

»Ich wollte gar kein Streitgespräch anzetteln«, murmelt Tessa und Nike entgegnet prompt: »Ach was, erstens hast du gar nichts angezettelt und zweitens streiten wir gar nicht. Wenn wir tatsächlich streiten, sieht das ganz anders aus.«

»Das stimmt«, unterstützt sie Lana und reicht Tessa ihre Hand. Die ergreift sie dankbar.

»Du ....«, sagt Carla zu Tessa. »Du bist und bleibst eben unser Harmoniebaustein und das ist gut so.«

»Ist es das?«, fragt Tessa zurück.

»Aber klar«, antworten alle im Chor.

Um die Decke herum liegen ausgetrunkene Champagnerflaschen neben geleerten Rotweinflaschen. An den Rändern sammeln sich Insekten, die sich an der klebrigen Flüssigkeit berauschen. Manche kriechen in die Gefäße, verlieren den Halt und stürzen auf den Boden. Dort ertrinken sie in den Resten der Alkoholpfützen.

»Wie spät ist es eigentlich?«, fragt Tessa in die Runde. Sie lächelt benommen und schwenkt ihr leeres Glas.

»Gleich halb drei«, antwortet Nike mit einem Blick auf ihre Gucciuhr.

Sie streckt die Beine auf der Decke aus, stützt sich mit den Handflächen ab, um möglichst gerade zu sitzen.

»Rutsch mal ein Stück«, sagt Lana zu Nike gewandt und: »Drehst du dich um 90 Grad? Ahh, wunderbar. Genau so. Jetzt kann ich mich anlehnen.« Lana schmiegt ihren Rücken an Nikes. »Aber ... jetzt sehe ich die anderen nur noch aus dem Augenwinkel.«

»Schweig, Sklavin«, zieht Lana sie auf.

»Halb drei«, sagt Carla, »das ist genau die richtige Zeit, um unser Spiel endlich aufzulösen. Der Alkohol neigt sich auch seinem Ende zu.«

Der Vollmond erhellt die Wiese. Die Teelichter sind erloschen.

»Na schön«, schaltet sich Lana ein. »Beginnen wir mit dir, Carla. Ich glaube ja an die Urlaubsgeschichte. Die Story mit dem Nachhilfelehrer passt nicht wirklich zu dir. Ich kann nicht genau sagen, warum. Ist mehr so ein Gefühl.«

»Ja, das glaube ich auch«, fällt Nike ein. »Die hättest du mir sonst auch erzählt. Ich glaube mich sogar an eine andere Entjungferungsgeschichte zu erinnern.«

»Die erzählst du jetzt aber nicht«, entrüstet sich Carla. Sie stemmt die Hände in die Seiten.

»Dann haben die beiden also Recht.« Tessa gibt ihre Stimme ab. »Das hätte ich aber auch so erraten. Vielleicht weil du immer den Überblick behältst und dich so schnell nicht beeindrucken lässt. Bestimmt nicht mal als Teenager. Hätte wirklich nicht zu dir gepasst. Zu mir schon, das muss ich zugeben, aber nicht zu dir.«

»Tja«, meint Marja, »dann ist hier wohl schon alles entschieden. Ich kann ja auch nur halb mitreden.«

»Soso, Carlamaus. Seitdem weißt du, wie du auf Männer wirken kannst ... Und wie du unsere Nike entsetzt, weil du ein Leben mit einem Mann ausschlägst, der ihrem Christian in nichts nachsteht«, stichelt Lana. Während sie spricht, drückt sie ihren Rücken fester an Nikes.

»Dass du immer auf Christian rumhacken musst. Der würde niemals jemanden anschreien.« Und leiser setzt sie hinzu: »Geschweige denn mir Rosen bei streunenden Händlern kaufen.«

»Höre ich da Enttäuschung raus?«, flüstert Lana Nike zu.

»Wie bitte?«, zischt Nike leise zurück.

»Ich verstehe euer Gemurmel nicht. Wenn ich's nicht besser wüsste. Man könnte ja beinahe glauben ... Ach, was soll's«, endet Carla.

»Was hat Lana gesagt, Nike?«, will Marja wissen.

»Ach, nichts Wichtiges. Christian jedenfalls kauft mir eher Schmuck. Der hält sich nicht mit Rosen auf.«

»Hättest du lieber Rosen, die gerade ihren Kelch entfalten? Duftend und zart?«, flüstert Lana wieder und streicht Nike über die Hand. Nike steht abrupt auf: »Jetzt reicht's mir aber. Hör endlich auf damit, Lana.«

Lana kippt nach hinten weg. Sie verschüttet ihren Wein auf dem Gras. »He, pass doch auf. Glück gehabt, dass der Wein nur den Rasen getränkt hat.«

Nike entfernt sich von den anderen, verschwindet zwischen den Bäumen. Dort bleibt sie stehen, fährt immer wieder mit dem Handrücken über ihre Wange.

»Ich schau mal nach ihr«, sagt Tessa und will gerade aufstehen, als Lana sie stoppt: »Lass mal, das bügle ich lieber selber aus.« Sie eilt zu Nike. Wenige Sekunden später steht sie hinter ihr und umarmt sie vorsichtig. »Entschuldige bitte. Ich bin zu weit gegangen. Ich wusste wirklich nicht, dass ich dich damit so treffe.«

»Schon gut.« Nike bezwingt ihre Stimme, verleiht ihr einen kräftigen Ton. Lana löst ihre Umarmung, tritt vor Nike und nimmt ihre Hand. »Entschuldige«, wispert sie und nähert sich Nikes Gesicht. Nike wendet ihren Kopf, aber noch in der Bewegung folgt ihr Lana und küsst sie gezielt auf den Mund. Ihre Lippen liegen weich aufeinander. Einen Moment verharren sie, um sich kurz darauf wieder zu lösen.

»Was … was hat das zu bedeuten, Lana?« Jetzt bebt Nikes Stimme trotz aller Selbstbeherrschung. Noch immer hält Lana ihre Hand.

»Nimm es als meine Art der Entschuldigung.« Lana zieht Nike mit sich zu den anderen. Auf die gleiche Weise hat sie

Nike – Stunden ist das her – zu den anderen geführt. Nikes Gedanken schwirren wie ein Mückenschwarm in ihrem Kopf herum. Sie löst ihre Hand aus Lanas Umklammerung und schreitet aufrecht auf die Gruppe zu, deren Augen auf die beiden gerichtet sind.

»Alles in Ordnung«, betont sie. »Nur ein Missverständnis.« Lana schluckt. »Ja, nur ein Missverständnis«, murmelt sie. »Alles wieder im Reinen.« Sie atmet tief ein und aus. Dann legt sie – ohne Nike anzusehen – ihren Arm um die Freundin. Nike lässt es geschehen. Ihr Blick ist in die Ferne gerichtet.

»Ist auch wirklich alles okay mit euch?«, fragt Tessa. Die beiden nicken synchron.

»Hmm«, macht Tessa und fasst sich an die Stirn.

»Lass mal«, beruhigt Carla die Situation. »Wir kennen doch Nike und Lana. Sie streiten und lieben sich und dann streiten sie wieder. Eben wie ein altes Ehepaar. Die können auch nicht ohne einander.«

»Sagt mal, bild ich mir das jetzt ein, oder hast du Nike gerade geküsst, Lana?«, fragt Marja. Die beiden sehen zu Boden. Jede wartet auf die jeweilige Antwort der anderen.

»Ja, schon«, sagt Lana schließlich.

»Aber das ist natürlich nicht, wie ihr jetzt denkt«, betont Nike. Lana ergänzt leiser: »Nein, natürlich nicht«, und sieht dabei auf Nike, die ihrem Blick ausweicht.

»Genau so war's«, nimmt Lana den Faden wieder auf, um das Schweigen nicht aushalten zu müssen, und fügt entschuldigend hinzu: »Ich hab mir die Dinger den ganzen Abend verkniffen. Aber jetzt brauch ich eine.«

Sie wühlt in ihrer Tasche und zieht ein Päckchen Zigaretten hervor. »Willst du auch, Carla? Und du, Marja? Bestimmt, oder?«, fragt sie. Carla zögert.

»Ich kenn dich doch. Ist ja nur heute«, ermuntert Lana die Freundin und hält ihr das Päckchen unter die Nase: »Gras wäre jetzt auch nicht schlecht, so zum Beruhigen. Hat aber wohl keiner, oder?«

Carla greift nach einer Zigarette und Nike schüttelt den Kopf. »Das hab ich jetzt nicht gehört, Lana. Nur falls ich doch mal Staatsanwältin werden sollte.«

»Dann eben die Nikotinkeule. Nimm ruhig, Marja.« Marja greift sich eine Kippe aus der Schachtel.

»Du sicher nicht, Tessa, oder doch?«, fragt Lana.

»Nein, danke. Ich rauche nicht mehr. Damit fange ich lieber auch nicht wieder an. Jetzt gibt es nur noch Gesundes. Höchstens mal Bananenchips. Oder ausnahmsweise Wein.«

Lana lässt ihr mit silbernen Ornamenten besetztes Feuerzeug aufleuchten, gibt Carla Feuer und entzündet dann die eigene Zigarette. Carla zieht am Glimmstängel und greift nach einer Weinflasche. »Schade«, sagt sie, »dachte, es gäbe noch etwas von dem Biowein für Tessa. Wir haben das Zeug ganz ordentlich weggekippt! Sind wohl doch noch die Alten, wenn's drauf ankommt.«

»Jaja«, bestätigt Tessa nickend. »Ich glaube übrigens, dass Lanas erste Geschichte wahr ist. Die Fenstergeschichte, mein ich. Die ist weniger drastisch. Was glaubt ihr? Nike, ist alles okay?«

Nike räuspert sich: »Also, wenn du es wirklich wissen willst, Tessa«, sie richtet den Blick auf Lana, »ich glaube, die zweite Geschichte ist wahr. Lana hat viel mehr Geheimnisse, als man glaubt. Sie ist doch viel weniger Mädchen, als sie tut. Sie weiß ganz genau, was sie will und wie sie wirkt, und kann dieses Wissen einsetzen, um jemanden zu verführen. Diese Frauengeschichte im Sexclub, das trau ich ihr ohne Weiteres zu.«

Nike sieht zu Boden, als sie spricht, aber Lana hält ihren Blick auf sie gerichtet. »Denkst du wirklich so über mich? Glaubst du ernsthaft, ich bin derart berechnend?«

»Ich weiß nicht«, sagt Nike und weicht noch immer Lanas Blick aus. »Ist nur so eine Idee. Könnte ja sein.« Lana zieht ihre Beine an den Körper und umschließt sie fest mit den Armen. Darauf legt sie ihren Kopf ab.

»Und du, Carla?«, fragt Tessa. »Wie denkst du darüber?«

»Meine romantische Lana im Sexclub? Ich weiß nicht recht. Vielleicht in ihrer Vorstellung, das schon. Aber ganz real? Mit ihrem Freund? Das hätte sie doch nicht durchgezogen, ohne uns einen Ton davon zu erzählen. Die Voyeurgeschichte hingegen ... Ich schließe mich Tessa an. Ich bin für die Fenstergeschichte.«

»Ich weiß auch nicht recht weshalb, ist nur so ein Gefühl, aber Lana und die Fenstergeschichte, das geht zusammen«, sagt Marja. »Und, wer behält Recht?«, fragt Nike und sieht Lana in die Augen. Lana hebt ihren Kopf von den Knien und erwidert ihren Blick: »Die anderen, Nike. Der Punkt geht an Tessa, Carla und Marja.« Nikes Wangen färben sich rot. Sie sieht zu Boden.

Lana redet weiter: »Mal sehen, ob ich bei dir richtig liege, Nike. Also, ich glaube an die SM-Party in Hamburg, eine kleine Versuchung außerhalb der Stadtgrenze. Und du, Tessa?«

Jetzt schüttelt Tessa den Kopf: »Nike ist so eine starke Frau. Ich nehme ihr das ab. Die zweite ist wahr, also die mit der Dildofrau, mein ich.« Nike gibt an Marja weiter: »Und was meinst du? Dildofrau oder klassische SM-Party, hmm?«

»Lass mal nachdenken«, beginnt Marja.

»Bitte nicht, Marja. Wir wissen, das kann ewig dauern«, sagt Lana.

»Gib einfach ’nen Tipp ab«, fordert auch Carla. »Wir vergeben ja keine Preise oder so. Einfach nur raten.«

»Wenn ihr meint«, murrt Marja. »Dann glaub ich mal an die Dildofrau. Ist einfach eine spannende Geschichte.« Nike sieht auf Carla und sagt: »Und nun die finale Einschätzung. Du müsstest es am besten wissen.«

Carla sieht sie an und sagt dann entschlossen: »Ich glaube an die erste Geschichte. Da konntest du alles genau durchdenken und wusstest, dass es keiner herausfinden würde. Du hättest nie eine alte Affäre aufflammen lassen, schon allein deshalb, weil das mit viel zu vielen Unwägbarkeiten verbunden gewesen wäre, nicht wahr, Nike?«

Jetzt lächelt Nike und nickt. »Ja, richtig. Da darfst du sicher sein. Die erste Geschichte stimmt.«

»Bleiben nur noch Tessas und Marjas Geschichten aufzulösen«, sagt Carla und ergänzt: »Also bei Tessa bin ich mir ganz sicher. Das ist die Masturbationsgeschichte in der Badewanne. Da kannst du mich nicht täuschen, Tessa. Und Sex ist dir tatsächlich nicht so wichtig. So schnell lässt du dich nicht auf irgendeinen Typen ein. Schon gar nicht am ersten Tag deines Studiums. Das glaub ich einfach nicht.« Tessa lächelt gequält und fragt: »Und ihr anderen? Was glaubt ihr?«

»Ich stimme Carla zu«, entgegnet Nike. Meine Freundin hat eine ausgezeichnete Menschenkenntnis. Du hättest Jura studieren und Anwältin werden sollen, Carla.« Tessa wirft Lana und Marja einen hoffnungsvollen Blick zu, aber die beiden nicken nur zustimmend. »Na gut, na gut. Ihr habt mich überführt. Also angenehm ist das jetzt nicht gerade. Bin ich so leicht einzuschätzen?«, fragt Tessa.

»Schon«, antwortet Nike prompt und Lana lächelt ihr zu und Carla sagt: »Sei froh. Das macht dich doch so liebenswert.«

»Na ja, und was meint ihr zu mir?«, will Marja wissen. »Ich bin bestimmt ebenso leicht zu durchschauen wie Tessa.«

Lana lächelt Marja an: »Keineswegs. Du hast allerdings einen entscheidenden Fehler gemacht.«

»Welchen?«, will Marja sofort wissen.

»Die Geschichte mit dem Dozenten«, sagt Lana. »Das ist schon seltsam, dass die auf dieser Lichtung spielt. Nicht wahr?«

»Genau beobachtet«, bestätigt Nike.

»Und überdies«, ergänzt Tessa, »sehe ich hier keinen einzigen Apfelbaum. Da haben dich deine Träume fortgetragen.«

»Ach ja«, stöhnt Marja. »Stimmt schon. Alles erfunden, leider.«

»Aber den Dozenten, Süße, den gibt es doch wirklich, oder etwa nicht?«, will Lana wissen.

»Ach, Lana … ja, den gibt es wirklich. Und ja, ich bin noch immer in diesen Mann verliebt. Unmöglich ist das.

Ich saß neulich bei dem im Büro, wegen so einer Hausarbeit, und ich schwöre euch, ich konnte fünf Minuten keinen Ton mehr rausbringen. So sehr hat mein Herz meine Zunge betäubt. Das war vielleicht unangenehm, ich sag's euch. Er wollte schon einen Arzt rufen. Hat sich richtig Sorgen gemacht.«

Nike legt ihr eine Hand auf die Schulter. »Siehst du. So etwas passiert auch nur euch Romantikern.«

»Dafür erinnert sich der Dozent jetzt an Marja. Nach so einem Vorfall«, sagt Carla. Daraufhin lacht zuerst Tessa und dann auch Carla und Marja. Lana reicht Nike ihre Hand.

»Komm«, flüstert sie der Freundin ins Ohr. »Wolltest du mir nicht etwas zeigen? Im Wald?«

Nike & Lana

Verführung

Nike zögert. Einen Moment innehalten, atmen, dann greift sie die dargebotene Hand. Lana zieht sie mit sich. Schon wieder, denkt Nike, folgt aber der Freundin.

Jetzt hinein in den Wald. Lana steigt in ihren Ballerinas über Geäst, Nike stakst in ihren viel zu hohen Absätzen hinterher.

»Die sind von Prada«, sagt sie und: »Nicht gerade zum Wandern gemacht, wie?« Sie lächelt vorsichtig, streift mit dem rechten Arm einen Ast. »Was wollen wir hier?«, fragt sie leise.

»*Begib dich einmal im Jahr an einen Ort, wo du noch nie zuvor gewesen bist.* So oder so ähnlich hat das der Dalai Lama gesagt. Eins meiner Lieblingszitate. Kannst du das nachempfinden?«, fragt Lana und sieht dabei auf Nikes Stupsnase.

Nike nickt. Es fällt ihr schwer, die Balance zu halten. Sie wackelt in den Schuhen. Lana stützt sie, umschließt ihre warme Hand, riecht Nikes schweres Parfüm.

Direkt vor ihnen eine freie Fläche, umstanden von Sträuchern. Kleine, weiße Tupfer zieren die Wiese, rote Beeren an den Sträuchern. Lana lässt Nikes Hand los, rennt einige Meter voraus und dreht sich um die eigene Achse. Mondbad und Elfentanz. Die weißen Pünktchen leuchten wie Irrlichter.

Nike hält inne. Sie wagt kaum zu atmen. Still beobachtet sie Lanas Tanz. Ein leichter Sommerwind streichelt ihre Haut.

Genau in diesem Augenblick müsste ein Sommergott die Zeit anhalten.

»Wo bleibst du, Nike?«, unterbricht Lana ihre Gedanken. »Sieh mal zum Himmel: Vollmond.«

Nike bewegt sich vorsichtig auf sie zu, hebt den Blick, als sie kurz vor Lana steht, und stolpert im selben Augenblick über eine Wurzel. Lana öffnet ihre Arme und fängt Nike gerade noch rechtzeitig auf.

Lana umschließt sie und lässt sie auch dann nicht los, als Nike sich wieder aufrichten will. Sie hält Nike einfach fest, bis sie sich ergibt und ihren Kopf an Lanas Schultern schmiegt. Da erst löst sie den Druck.

Flügelschlagen in den Bäumen.

Sie streichelt Nike sanft über den Rücken. Zeitlupe. Tastet den im Mondlicht glänzenden Stoff ihrer Bluse entlang. Millimeter für Millimeter. Runter bis zur Taille. Dort verharrt ihre Hand.

»Im Reich der Feen musst du ein Stück Metall bei dir tragen, sonst kommst du nicht sicher zurück«, wispert Lana.

»Im Reich der Feen?«, flüstert Nike.

Ihr warmer Atem an Lanas Ohr. Die kleinere der beiden schiebt einen Ring mit einem grünen Stein von ihrem Finger, um ihn der größeren anzustecken.

»Wusstest du, dass mein Künstlername Fee ist?«, fragt Lana. Ihre Stimme ein Murmeln, ein Bach mit Nymphe. Nike sieht Lana fragend an, tastet nach dem Ring an ihrem Finger und lächelt. Ein kurzes Innehalten. Dann überlässt sich Lana ihrer Regung, streckt sich Nike entgegen, hebt ihren Kopf leicht an, um sie sacht auf den Mundwinkel zu küssen.

Lana ertastet mit dem Mund Nikes Lippen. Beide atmen schnell, öffnen ihre Lippen zu einem langen Kuss. Herzen pochen gegen Rippen, Beine zittern. Lana streichelt die Haut, die Nikes Ausschnitt freilässt. Erste Vogelstimmen tönen sacht, Unterholz ächzt. Ein viel zu frühes Schmetterlingspaar im verirrten Balztanz. Dieses Bauchgefühl.

Bei vollem Bewusstsein kleine Felsbrocken geschluckt. Erst im ersehnten Kuss lösen sie sich auf und zerfallen zu Staub. Lanas Zunge wandert weich über Nikes. Sie birgt Nikes Gesicht in ihren Händen, zieht sie dicht an sich und tastet ihre vollen Brüste.

»Deine Brüste, Nike, es macht wirklich keinen Unterschied«, flüstert sie, lächelt und denkt bei sich: »Weil du der auferstandene Wahnsinn bist. Du bist …« Ihre Gedanken verlieren sich, werden zu losen Enden, die in bloße Empfindungen übergehen.

Lana schlüpft aus ihren Ballerinas, fühlt das weiche Gras an ihren Sohlen kitzeln und streift sich das Empirekleid ab, taucht ihren Körper ins milchweiße Mondlicht. Zwischen langen Zungenküssen und zärtlichem Streicheln öffnet sie behutsam Nikes Bluse. Der zarte Stoff sinkt wie eine Feder ins Gras.

Lana löst die Schmuckknöpfe an Nikes Hose und hilft ihr, mitsamt den Schuhen aus ihren Hosenbeinen zu steigen. Nur der Mond beäugt sie. Lana will die Riemen von Nikes Sandaletten öffnen, aber sie schüttelt energisch den Kopf, obwohl ihre Absätze kleine Löcher in den Boden graben und sie nur mit Mühe aufrecht stehen kann.

»Insekten«, sagt sie. »Ich habe Angst vor Käfern. Oder noch schlimmer, vor Schlangen.«

»Meine kleine Eva«, neckt Lana Nike. Sie muss lachen und Nike stimmt mit ein.

*

»Was die wohl treiben?«, fragt Tessa Carla. Aber die zuckt nur mit den Achseln und erwidert: »Was auch immer. Hauptsache, sie streiten nicht wieder.«

*

Lana nimmt ihr champagnerfarbenes Tuch aus den Haaren und bindet es Nike um die geschlossenen Augen. Sie streichelt über Nikes Wangen, küsst sacht ihren Hals, zeichnet mit den Fingern über ihren BH.

Nike streckt sich ihr entgegen. Anspannung weicht aus ihrem Körper. Der Mond bestrahlt sie. Ihre Gesichtszüge bekommen einen zarten Ausdruck.

Lana fallen Nikes Grübchen auf, die sich ganz deutlich um ihre Mundwinkel bilden und die Strenge aus ihrem Mienenspiel nehmen. Sie küsst Nike vom Hals herab über die vollen Brüste und den ovalen Bauchnabel bis zur Muschi, die von ihrem schwarzen Seidenhöschen bedeckt ist. Dort stoppt sie, streichelt die Innenseiten ihrer Oberschenkel hinauf. Lana fährt unter den Slip, fühlt die glatte Scham.

Nike unterdrückt ein Stöhnen. Sie atmet schwer, lässt Lana die Situation bestimmen, gibt sich ihren Berührungen hin. Lana zieht Nike das Höschen herunter, öffnet ihr den BH und liebkost ihr die steifen Nippel mit der Zunge.

Dann tritt Lana hinter Nike. Sie drückt sich an sie. Eine Hand umfasst Nikes Brust, massiert sie, die andere gleitet zu Nikes Schamlippen, stimuliert den Kitzler, bis Nike feucht wird und aufstöhnt.

Lana lässt erst einen, dann zwei Finger in Nikes Möse gleiten, während ihr Daumen Nikes Klit befriedigt und ihr Mund Nikes Nacken und die Ohrläppchen mit Küssen überzieht. Bevor die Freundin kommt, zieht sie ihre Finger aus Nikes Muschi und führt sie zu einem dicken Baumstamm. »Lehn deinen Rücken hier an«, raunt sie ihr zu. Nike gehorcht aufs Wort.

Lana spreizt Nikes Beine und sagt: »Lass mich machen. Du wirst gar nichts tun.« Sie tritt einen Schritt zurück und betrachtet Nike: Ihre schneewittchenweiße Haut bildet einen Kontrast zu ihren dunklen Haaren. Ihren Mund hat sie leicht geöffnet. Der schmale Bauch hebt und senkt sich unter ihren Atemzügen.

Lana kniet sich zwischen Nikes geöffnete Beine. Sie hat kleine, roséfarbene Schamlippen, die sich wellenförmig kräuseln. Ihre Klit ist sichtbar und durch die Erregung rot gefärbt. Lanas Zunge gleitet ohne Widerstand in Nikes Möse, die warm und feucht ist und im Geschmack an Honigmelonen erinnert. Sie leckt Nikes Kitzler, saugt an ihm und gleitet mit der Zunge immer wieder in ihre benetzte Spalte.

Nike öffnet sich. Ihr Stöhnen wird lauter. Lana erhebt sich und steht jetzt vor der Freundin. Sie presst ihr zartes Gewicht gegen sie. Nike lehnt am Baumstamm und hält immer noch die Beine gespreizt. Ihre Absätze sind im Boden eingesunken.

»Geh ein wenig in die Knie. Genau so. Stopp«, weist Lana sie mit zarter Stimme an. »Und jetzt leg deine Hände auf meinen Po.« Nike spürt Lanas kleinen, aber runden Frauenpo, streichelt ihn zart und drückt Lanas Klitoris an ihre. Sie stöhnt auf. Kreist sacht mit ihrem Becken. Lana nimmt die Vorgabe auf, reibt sich an ihr. Ihre Zunge gleitet tief in Nikes geöffneten Mund, saugt und umspielt, während ihre Hände leicht wie Federn Nikes Seiten streicheln. Die Insekten sind im Rausch vergessen: Lana bedeutet Nike, sich aufs Gras zu legen. Es ist angenehm kühl und nimmt die Hitze von ihren Körpern.

Lana legt sich auf sie. Sie versinken in einem tiefen Kuss. Hüften kreisen, Brüste reiben Nippel, Hände heben Nikes Becken an. Das Kreisen der Körper wird drängender, beide Frauen stöhnen auf. Lana stößt ihren Kitzler gegen Nikes, reibt sich an ihm, presst sich an die Freundin und fährt mit den Fingernägeln ihren Rücken entlang. Der Höhepunkt überkommt die beiden mit Gewalt, rollt über sie hinweg. Sie nehmen ihn entgegen, können nichts dagegen tun, liegen nur da, ineinander versunken.

»Sieh mal, da«, bricht Lana plötzlich die Stille. Sie deutet auf ein Hasenpärchen, das unweit von ihnen in seinem Liebesspiel versunken ist. Da lachen sie beide lauthals auf und können sich kaum beruhigen.

Lana rollt sich von Nike ab, bietet ihr den Arm, in den sie sich kuscheln kann und überdeckt ihr Gesicht mit Küssen. Nike nimmt die Augenbinde ab, lacht Lana an. Wieder ihre Grübchen, ihre unbekannte Wärme, so gelöst und zärtlich. Beide liegen sie noch lange im Gras und sehen dem Mond zu, wie er vollends dem Morgen weicht.

Nike hofft auf ein Wunder, das die Zeit anhält und sie nicht zurückschickt in ihr bisheriges Liebesleben. Lana hält die Gedanken still. Sie vertreibt jedes Nachdenken über die gerade erst aufkeimende Liebe zu ihrem Freund und das lang ersehnte Jetzt, weil sie sowieso nichts aufhalten kann, nichts aufhalten will. Nachdenken ist später.

So vergehen die kleinen Ewigkeiten, bis ein erster Sonnenstrahl Lanas Nase kitzelt und beide von weit her Tessas Rufe hören.

»Komm«, sagt Lana schließlich, steht auf und reicht Nike die Hand. Und dann küsst Lana Nike noch einmal. Beide lächeln in sich hinein, als sie sich zwischen einsetzendem Sommerregen und Tessas immer aufgebrachteren Rufen langsam ankleiden und Hand in Hand aus dem Wald herausspazieren.

Dort sehen sie Marja und Carla, die sich unter der Picknickdecke vor dem leichten Regen verkrochen haben und sich unterhalten, während Tessa immer noch abwechselnd: »Lana!« und »Nike!« ruft. Der Sonnenaufgang taucht die Wiese in goldenes Licht.

»Da seid ihr ja endlich. Ich dachte schon, der Wald hat euch in dieser Sommernacht verschluckt«, sagt Tessa erleichtert und klaubt Lana eine Blüte aus dem Haar.

»Was um alles in der Welt ...?«, setzt Tessa an.

Marja wirft ihnen einen Blick zu, der alles sagt. Da lacht auch Carla: »Das war ja längst fällig!« Und erst da versteht es auch Tessa und wird still und setzt sich auf die Decke.

Nike und Lana sagen gar nichts, lächeln sich nur an und stehen da, Arm in Arm. Nike hat Lanas Tuch um die Hüften gebunden. An ihrem Finger funkelt der grüne Stein. Lanas Haare liegen offen über ihren Schultern. Eine regennasse Strähne hängt ihr ins Gesicht. Die Welt läuft einfach weiter.

Abschied

Die ewige Wiederkehr

Lasst uns mal zusammenpacken. Dieser Nieselregen ist nichts für mich«, ruft Carla Nike zu. Die schenkt ihren Worten aber keine Beachtung. Sitzt nur da – einige Meter von den anderen entfernt –, dicht neben Lana.

»Es ist ja auch schon hell«, versucht es Tessa. Nike nickt ihr zwar geistesabwesend zu, sonst geschieht aber nichts.

»Nimmst du uns nun in deinem Auto mit, Nike?«, will Marja wissen. Die Stimmen der drei Freundinnen überlagern sich, rufen durcheinander in Nikes und Lanas Richtung. Aber auch Lana reagiert nicht auf ihre Fragen. Sie sitzt mit nackten Füßen im Gras, lässt sich vom Sommerregen berieseln und hält Nikes Hand.

»Wir könnten doch für ein Taxi zusammenlegen«, schlägt Carla vor. »Was meint ihr?«

»Gute Idee«, bestätigt Marja. »Ich gehöre jetzt auch echt ins Bett. Muss morgen, äh, besser gesagt, heute noch arbeiten. Ihr versteht? Mit dem Taxi geht es am schnellsten.«

»Kommt ihr jetzt mit oder wie sieht's aus?«, ruft Tessa zu Lana und Nike herüber.

Lana sieht auf, blinzelt verwirrt. Bevor sie aufsteht, streichelt sie über Nikes Hand, lächelt ihr zu. Dann geht sie auf Tessa, Marja und Carla zu. »Wollt ihr wirklich schon gehen?«, fragt sie. »Der Tag bricht doch gerade erst an.«

»*Jaja, es war die Nachtigall und nicht die Lerche,* nicht wahr, Lana?«, scherzt Carla.

»Ich muss, leider ...«, sagt Marja, und fällt Lana in die Arme. »Dieser verdammte Job«, seufzt sie. »Du weißt schon. Wenn ich jetzt nicht aufbreche, treib ich unsere Gäste noch in den Wahnsinn, weil ich nicht mehr rechnen kann und nur wirres Zeug rede. Besonders nach dem Abend hier. Ach, Lana.«

Lana drückt noch mal fest zu und flüstert: »Ich ruf dich an, ich erzähl dir, wie das hier ausgegangen ist. Bin konfus und glücklich und ... ach was weiß ich. Krieg das gerade nicht geordnet. Will ich auch gar nicht.« Sie lässt Marja los und wendet sich Carla zu, fällt auch ihr um den Hals. »Carla«, sagt Lana. »Lass uns telefonieren. Ruf mich mal häufiger an im tristen Hildesheim. Versprich es, ja?« Carla nickt und Lana flüstert: »Nike und ich brauchen noch einen Augenblick. Müssen was bereden.«

»Ich weiß«, entgegnet Carla. »Bin ja nicht blind. Bei so einer Love Story live und in Farbe. Ich frag jetzt besser nicht, wie es ausgehen wird, oder?«

»Ein Happy End für alle Beteiligten wäre schon schön«, murmelt Lana. »Mal was ganz anderes als diese französischen Liebesfilme ohne konkretes Ende.«

»Wann sehen wir uns denn wieder?«, will Tessa wissen. »Bevor ich ein zweites Baby bekomme, brauche ich dringend mehr Abwechslung vom Alltag.«

»Wie jetzt? Zweites Baby? Du bist nicht etwa schwanger, Tessa?«, fragt Carla.

»Nein, nein«, winkt Tessa ab. »Sonst hätte ich wohl kaum mit euch gebechert, oder? Aber ausgeschlossen ist es nicht. Wir denken gerade darüber nach. Also was ist, wann treffen wir uns wieder?«

»Was haltet ihr davon, wenn wir das ab jetzt jeden Sommer so machen?«, fragt Lana. »Dann sind auch immer Theaterferien und wir sehen uns wenigstens einmal im Jahr alle zusammen. Was denkt ihr?«

Nike ist aufgestanden und steht jetzt neben Lana. »Ja«, sagt sie. »Unbedingt.« Lana sieht Nike an und lächelt.

»Ja«, stimmen auch Carla und Marja zu.

»Wie Nike schon gesagt hat: unbedingt«, bekräftigt Tessa. Und so stehen sie zusammen und lachen, während Lana jetzt offen Nikes Hand nimmt und ihr einen zarten Kuss auf die Lippen haucht.

»Ich weiß ja nicht«, beginnt Tessa zögernd. »Ich weiß wirklich nicht, ob das eine gute Idee ist.«

»Das wissen wir auch nicht«, scherzt Nike, hält Lanas Hand fester und fährt fort: »Aber es fühlt sich verdammt richtig an.«

Tessa sagt nichts mehr, seufzt nur einmal hörbar, beginnt die Abfälle einzusammeln und wirft sie in den Mülleimer, am Rand der Wiese.

Nike stapelt Gläser in ihren Picknickkorb, während Lana die Windlichter in ihren bestickten Beutel packt. »Hoffentlich halten die die Rückreise genauso gut durch wie die Hinreise. Ich häng an denen«, sagt sie. Nike beruhigt sie: »Die kommen heil an.«

Lana sieht sie fragend an. Ihre Hand, die ein Windlicht hält, zittert. Nike umarmt sie: »Und wir schaffen das auch. Irgendwie.« Lana streichelt über Nikes Unterarm, beide lächeln sich versunken an, während Carla die Tupperboxen in Tessas Korb und die Kuchenform in eine Plastiktüte packt. Marja läuft immer wieder um die Clique herum und fragt: »Was kann ich denn tun?«

»Roll doch schon mal die Decke zusammen«, antwortet ihr Carla. Marja klemmt sich die Decke unter den Arm, während Carla den Plastikbeutel und Tessa ihren Korb nimmt.

»Also dann, nächstes Jahr, gleicher Ort, gleiches Datum. Wir telefonieren uns zusammen«, verabschiedet sich Carla und Lana fällt ihr nochmals um den Hals.

»Wir hören aber viel früher voneinander«, fordert sie und Carla nickt. Zu Nike gewandt sagt Carla: »In alter Frische am Wochenende bei mir?«

Nike nickt.

»Wir werden dich schon noch bei irgendeiner Premiere besuchen«, seufzt Marja und drückt erst Lana, dann Nike an sich.

Tessa stehen Tränen in den Augen: »Was mache ich bloß so lange ohne euch?«, fragt sie in die Runde und Nike scherzt: »Lass dir was einfallen. Das nächste Mal musst du mit perverseren Geschichten aufwarten.«

»Ich bin gespannt, wie sich die Sache mit dem Nachbarn entwickelt«, feixt auch Carla.

»Jetzt hört aber auf«, sagt Tessa und umarmt eine nach der anderen. Tessa hakt sich bei Carla und Marja ein. Ihr Rotschopf leuchtet in der Sonne, als die drei die Steintreppen hinabsteigen.

Nike und Lana sehen den anderen nach. Hören ihr Lachen, das nach und nach verhallt. Der Regen ist der Sonne gewichen, die schon über den Baumwipfeln steht. Sie kitzelt die nackte Haut, saugt die Feuchtigkeit auf Nikes und Lanas freien Oberarmen auf, wärmt ihre Gesichter, die in einem langen Kuss eins geworden sind.

»Kommst du mich besuchen?«, fragt Lana zwischen zwei Küssen. »Ja, natürlich«, antwortet Nike. Keine von beiden stellt die Frage nach dem Freund der anderen, weil eine Antwort nicht zu geben ist.

»Ich will dich nicht verlieren«, flüstert Lana stattdessen und Nike sagt: »Das will ich auch nicht. Ich weiß nur nicht …«, sie unterbricht sich selbst.

»Ich auch nicht«, murmelt Lana.

»Wir werden uns nicht verlieren«, bekräftigt Nike und dann küssen sie sich wieder und wieder.

*

Zwei menschliche Stimmen kommen in Hörweite. Schnaufen.

»Puh, was für ein Aufstieg! Und das in unserem Alter, Bertha«, keucht die eine.

»Das hält fit, Margarete.«

»Ja, Bertha. Da wären wir. Unser Ort, wie vor Jahren.«

Zwei ältere Damen erscheinen. Die eine hat weiße Haare, die sie zu einem Dutt zusammengesteckt hat. Einige Strähnen haben sich daraus gelöst. Ihre Gesichtzüge wirken weich. Eine durchsichtige Plastiktüte mit Brotkrumen schlenkert um ihr Handgelenk. Um ihren Hals baumelt eine lange Kette mit bunten Steinen.

»Was schleppst du da die ganze Zeit mit dir herum?«, fragt die andere und deutet auf die Tüte. Sie trägt ein beigefarbenes Kostüm und hat kurze schwarze Haare. Ein dezenter schwarzer Lidstrich umrahmt ihre Augen. An ihren Fingern prangen Goldringe.

»Für die Vögel, Bertha.« Die Weißhaarige lächelt, als sie die letzte Stufe erklommen hat.

»Für die Tauben und Spatzen, meinst du? Dieses Ungeziefer der Lüfte. Das hab ich dir nie austreiben können. Deinen seltsamen Hang zu Tieren jeder Art. Fehlt nur noch, dass du Mäuse fütterst.« Margarete quittiert das Gezeter der Freundin mit einem milden Lächeln, nimmt sie an der Hand und führt sie zu einer Bank.

»Unsere Wiese«, sagt sie. Da leuchten auch Berthas Augen. »Ja, unsere Jugend«, bestätigt sie und drückt die Hand der Freundin.

Lana und Nike haben das Küssen eingestellt. Sie halten sich an den Händen, starren die Älteren an und kichern.

»Denkst du, was ich denke?«, flüstert Nike. Lana übergeht die Frage und fasst Nike um die Taille. Sanft zieht sie die Freundin mit sich in Richtung Wald.

»Ein wenig Zeit bleibt uns ja noch, bis wir mit Vogelfutter und einseitigen Ermahnungen hier oben sitzen und in Erinnerungen wühlen«, sagt Lana. Beide stolpern, das champagnerfarbene Tuch bleibt an einem Ast hängen. Nike rutscht ein Schuh aus der rechten Hand.

»Ein Bild für die Götter«, grinst Lana und will das Tuch aus dem Ast befreien, als Nike sagt: »Lass doch. Dann ist es noch hier, wenn wir schon zu Hause sind.«

Lana hält in der Bewegung inne. Sie lachen beide.

*

Die Lichtung liegt im Morgenlicht. Die Vögel zwitschern ihre Hymnen. Margarete wirft ihnen eine Hand voll Brotkrumen zu. »Sieh mal«, ruft Margarete aus. Sie deutet auf das champagnerfarbene Tuch, das im leichten Sommerwind weht.

Bertha nickt. Beide sind ganz still. Ihr Blick wandert zu den Spatzen, die eifrig Krumen picken.

Das Tuch flattert nun unbeobachtet am Zweig.

ANAIS

FRÜHLING UND SO

SPIEGEL-BESTSELLER! EIN ROMAN ÜBER EINE SEXUELLE ODYSSEE
UND DIE SUCHE NACH DER GROSSEN LIEBE.

»Der nächste Sex-Bestseller. Die 18-jährige Berlinerin Rebecca Martin hat ein Porträt ihrer Generation geschrieben.« DIE WELT

REBECCA MARTIN
FRÜHLING UND SO
ROMAN
ANAIS BAND 1
300 Seiten, Paperback
ISBN 978-3-89602-547-0
9,90 EUR (D)

Das Großstadtabenteuer mit all seinen Verlockungen prallt mit voller Wucht auf Raquel ihre romantischen Fantasien: Ob der Mann, von dem sie träumt, vielleicht in diesem Augenblick die Spinnen an der Decke zählt, genau wie sie? Ein Roman über eine sexuelle Odyssee und die Suche nach der großen Liebe.

»Rebecca Martin hat mit ›Frühling und so‹ einen Erotik-Bestseller geschrieben – urban, sexy und authentisch. Das literarische Können der 18-Jährigen wird von den Lesern begeistert aufgenommen.« SPIEGEL Online

»Endlich erklärt mir ein Mädchen, wie es ist, jetzt und heute Liebeskummer zu haben, verliebt zu sein und One-Night-Stands zu haben. Rebecca Martin macht das großartig.« YAEZ

»Keine rosa Blümchen: In Rebecca Martins Roman ›Frühling und so‹ wird das Mädchenzimmer zum Abenteuerspielplatz. Mit ›Frühling und so‹ hat die 18-jährige Waldorfschülerin Rebecca Martin ein unverkrampftes Mädchenbuch aus der Gefühlswelt einer Jugendlichen geschrieben.« STERN

»›Frühling und so‹ von Rebecca Martin hat einen anderen Hintergrund als ›Feuchtgebiete‹. Es erzählt von einem Jahr im Leben eines Teenagers – mit viel Sex, aber auch mit Schule, Freunden und Clubs. Das ausschweifende 18. Lebensjahr von Raquel – mit emotionalen Höhen und tiefen Selbstzweifeln.« WAZ

»Mit ›Frühling und so‹ liefert die Berliner Autorin einen lustvollen Erstling.« BZ

WWW.ANAIS.DE

ANAIS

SPIELER WIE WIR

EIN ROMAN VON CORNELIA JÖNSSON – ANAIS BAND 2
DER ERSTE BAND DER »SPIELER«-TRILOGIE!

»Ich bin immerzu auf der Suche nach mir selbst und meiner Lebendigkeit. Beides begegnet mir im Schreiben und in der sinnlichen Hingabe.«
Cornelia Jönsson

CORNELIA JÖNSSON
SPIELER WIE WIR
ROMAN
ANAIS BAND 2
256 Seiten, Paperback
ISBN 978-3-89602-548-7
9,90 EUR (D)

Franzi und Pauline wohnen gemeinsam in Berlin-Kreuzberg. Neben ihrer Überlebensarbeit im Theater, an der Uni, im Café sind sie vor allem mit ihrem Lust- und Liebesleben beschäftigt. Pauline verfällt der dominanten Ann, erlebt sexuelle Erfüllung und schmerzhafte Abhängigkeit. Anns Mann, Fotograf mit Faible für junge Frauen, wird eifersüchtig. Ann ist überfordert und verlässt Pauline. Franzi ist seit vier Jahren mit Marius – Jurist, Mitte dreißig – zusammen. Ihr Sexleben stagniert. Marius blüht mit der devoten Katharina auf, während Franzi ihre dominante Seite entdeckt. Auf ihrem Weg geht es den Charakteren nie darum, Scheitern zu vermeiden, sondern darum, sich selbst treu zu bleiben. Und natürlich ergründen sie nebenbei diesen seltsamen Zustand, den wir Liebe nennen …

»Sex ist die natürlichste Sache der Welt, aber lustvoll darüber zu schreiben, ist eine Kunst. Und die beherrscht die Autorin Cornelia Jönsson. Das Ergebnis ist intelligent und literarisch niveauvoll. Die Lektüre lohnt sich, auch wenn man sadomasochistische Erotik nicht unbedingt favorisiert.« Siegessäule

»Sadomasochismus ist unter anderem eine sehr spaßige Sache. Bei SM geht es nicht nur um Schmerzen, sondern auch um Intensität, Nähe, Sinnlichkeit. Darum, sich füreinander zu öffnen. Außerdem ist Sadomasochismus eine Form von Sexualität, die sehr psychologisch ist und die sich stark im Kopf abspielt. Demzufolge regt sie zur Reflexion an. Und damit auch zu Humor.«

Cornelia Jönsson

WWW.ANAIS.DE

ANAIS

SUBJEKTIV

AUS DEM LEBEN EINER DEVOTEN FRAU – EROTISCHER ROMAN

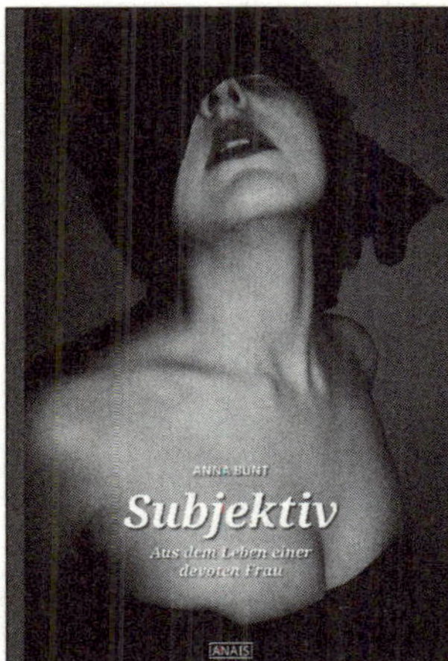

Ein autobiographischer Roman, schonungslos offen, der mit gängigen Klischees aufräumt

Anna Bunt
SUBJEKTIV
AUS DEM LEBEN
EINER DEVOTEN FRAU
ANAIS BAND 6
256 Seiten, Paperback
ISBN 978-3-89602-552-4
9,90 EUR (D)

Eine junge Frau auf der Suche nach dem dominanten Mann fürs Leben – ein fesselnder autobiographischer Roman! Im Laufe ihrer turbulenten Beziehungen merkt die Protagonistin Anna, dass es ihr unfassbare Wohlgefühle bereitet, sich sexuell zu unterwerfen – und begibt sich auf die Suche nach dem Mann, der sie dominieren kann.

Anna Bunt schreibt schonungslos offen und räumt gleichzeitig humorvoll mit den gängigen Klischees über SM auf. Explizit und fundiert gibt die Autorin mit ihrem Debütroman nebenbei einen spannenden Einblick in die Szene.

Die Autorin schildert auf behutsame Weise, wie eine junge Frau lernt, ihre Neigungen und Vorlieben zu akzeptieren. »Subjektiv – Aus dem Leben einer devoten Frau« ist ein aufrichtiges Debüt, offenherzig, unbefangen und eindringlich.

»Jetzt konzentriert er sich nur noch auf meine Brüste. Lässt in ganz kleinen Abständen immer schneller das immer heißere Wachs auf mich tropfen. Es geht an die Schmerzgrenze, und ich bin froh, als er sich mehr in Richtung Bauch bewegt. Langsam wandern die Tropfen nach unten. Unter dem Bauchnabel wird das Brennen stärker, und als es tiefer und tiefer geht, halte ich es kaum noch aus. Doch nur ein paar Tropfen lässt er zwischen meine Beine fallen, bevor er die Kerze ausbläst. Ich liege eine Weile da und befinde mich in einem sehr tiefen Entspannungszustand.«

Dank
Ich danke Micha, Elsa und Conny fürs Gegenlesen, für deren Liebe und Freundschaft und nicht zuletzt Holger, der mir Inspiration war und ist ...

Die Autorin

Tanja Steinlechner wurde 1974 in Heilbronn geboren. Heute lebt sie mit ihrer Katze in Prenzlauer Berg in Berlin. Sie ist nicht nur Autorin, sondern auch Dozentin, Herausgeberin und Lektorin. Wenn sie nicht arbeitet, träumt sie von einer Reise nach Japan, der Heimat ihrer literarischen Vorbilder Haruki Murakami und Banana Yoshimoto. Sie liebt die Chansons von Georgette Dee, ihr »Inbegriff von Erotik«.

Tanja Steinlechner
WAHRHEIT ODER LÜGE
Roman

ANAIS Band 5
ISBN 978-3-89602-551-7

ANAIS ist ein Label des Berliner Schwarzkopf & Schwarzkopf Verlages.

Lektorat: Ulrike Fischer
Titelbild: © chris74 / fotolia.de

15